娘、嫁、妻、母

女は4つの顔で相続する

税理士
本郷 尚

白揚社

女は4つの顔で相続する　目次

第一話

京子

～鎌倉物語～

子どもたちも結婚し、優しく頼り甲斐のある夫との穏やかな老後が始まった。傍目から見れば、何不自由ない幸せな京子の後半生が、夫の死とその遺言書によって暗転する。長寿社会が生み出した親と子の新たな確執を描く。

鎌倉は緑が深い……。

鎌倉駅に降り立つたびにしみじみそう思う。

京子の自宅も東京二十三区内では緑が多いといわれる高級住宅地だが、鎌倉と比べると緑の濃さと厚みが圧倒的に違う。これから夏に向かって緑はますます深く濃くなり、吹く風に潮の香りが混じるようになるのだ。

京子は鎌倉駅西口からほど近い佐助で育った。今は長兄が実家を継いでいる。

今日は墓参りを兼ねて、先日の母の十三回忌の御礼に菩提寺を訪ねた。兄嫁はさっぱりした気性で付き合いやすい人だが、そういうところまで気が回らない。数年前から膝が痛み出し、すっかり出不精になった兄嫁から「京子さん、お願いよ」と頼まれ、法事の段取りから御礼まで取り仕切っている。

七十歳を過ぎると足取りも遅くなる。苔むした参道をゆっくりと歩む京子の白い肌が、柔らかな新緑を透過して差し込む光で緑に染め上げられてゆく。

境内は新緑と静寂に包まれて清々しかった。緑陰で一息ついていると、子ども連れの若い母親がやってきた。母親の周りを楽しげに走り回る幼い女の子が、かつての自分に、また、娘の瑠璃子に重なって見えた。

ここはまるで時が止まっているかのようだ。泡立っていた心が鎮まり、幼い頃の思い出が次々によみがえってきた。

近所の子どもたちとよくここで遊んだものだ。当時、まだ若かったご住職が大の子ども好きで、大概のことは大目に見てくれた。

一緒に遊んだ幼馴染みとは御成小学校、御成中学校でも一緒だった。約四万㎡という広大な敷地をもつ御成小学校は、かつて明治天皇の皇女たちの御用邸だったところで、当時のままの重厚な冠木門が今も正門として残されている。入学式の朝、冠木門の前で両親と撮った写真は、京子のお気に入りの一枚だ。

その後、東京の大学に進学する者、地元に残って家業を継ぐ者と、道は分かれた。しかし、誰かが声をかければ、すぐにわらわらと地元の仲間が集まってきた。京子の青春のほとんどがその中にある。

きっと、この中の誰かと結婚してこの街で暮らすのだろう……。漠然とそんなふうに思っていたが、運命の出会いがあって東京に嫁いだ。

＊　＊　＊

それから半世紀近くが経つ。

ふたりの子どもを育て上げ、初老の夫婦きりの静かな暮らしが始まったとき、もうなんの心配も不安もないと思っていた。

夫の憲一郎は光学機械メーカーの専務取締役を務めたのち、関連子会社の社長、会長を歴任。子会社を成長させ、親会社の業績に貢献した。名経営者として惜しまれながらも、役員定年の七十歳であっさりと身を引いた。

会社生活ときっぱりと縁を切ると、「これからは料理を覚える。美味いものをご馳走してやるぞ」と笑って宣言し、庭の片隅に菜園まで作った。夫と一緒に庭仕事ができるなんて思ってもいなかったことだ。庭仕事の合間に縁側でお茶を飲みながら、夫と語り合うときが何よりも楽しく大切な時間になった。

母の七回忌の法事には、元気だった夫はもちろん、息子夫婦、娘夫婦も子どもたちを連れて来た。今思えば、これが家族仲睦まじく集《つど》った最後だった。

「ご家族お揃いでありがたいことですなあ。息子さんもお嬢さんもすっかり立派になられたの。お孫さんは京子さんの小さい頃にそっくりじゃ。皆が健康で、仲良きことこそ、何よりのこの世の幸福。仏もさぞかし喜んでおいでのことでしょう」

孫たちの頭を優しく撫でながら目を細めていた老住職も、その三年後に亡くなられた。

しかし、一〇一歳の大往生だったと聞いている。

しかし、今年の十三回忌はひどいものだった。

夫が亡くなった後、家族はバラバラになってしまった。

一族が集まった法事の席で、息子の要と娘の瑠璃子は未亡人になった母をいたわる様子もなく、互いに顔をそむけ合ってひとことも口をきかなかった。そして、法事が終わると口実をつけてそそくさと帰ってしまった。

親戚一同に家族の不仲を喧伝したようなものだ。こんな光景を老住職に見られずに済んだことがせめてもの慰めだと思う。要と瑠璃子をあれほど可愛がってくれた母がどんなに悲しんでいることか……。思い出すたびに切なくなる。

＊　＊　＊

家族の不仲が決定的になったのは、夫の憲一郎の遺言書だった。

夫が遺言執行者に指定した税理士の西園寺公介が立ち会うなか、遺言書が開封され、相続財産が読み上げられた。

「妻京子には別紙目録記載の不動産、株式、預貯金、その他資産すべてを相続させる。妻京子は、代償分割として、長男要と長女瑠璃子に対して金二五〇〇万円を支払うものとする」

その瞬間、場が凍りついた。

「そんな馬鹿な！　先生、僕らにはたった二五〇〇万円しか相続させないってことですか」

要が端正な顔を歪め、声を荒げた。

「民法では配偶者が二分の一、残りを子どもたちが均等に分けるとなっているじゃないですか。世田谷の家は時価三億円をくだらない。それに預金が二億円。総額五億円なら子ども一人当たり一億二五〇〇円ずつもらえるはずだ。遺留分だって、法定相続権の半分の六二五〇万円は最低限あるはずだ！」

思わず立ち上がった要を、西園寺が穏やかに制した。

「確かに法定相続権はその通りです。ですが、今回のように公正証書遺言がある場合は、遺言書が故人の遺志として優先されます。遺留分については別の場所でお話ししましょう」

「それじゃあ、お母さんが死ぬまでこれ以上もらえないってことなの？」

瑠璃子の言葉に、介護や葬儀で憔悴しきっていた京子がハッと目をあげた。

「ごめんなさい、お母さん。そういうつもりじゃなかったのよ」

バツが悪そうに瑠璃子が目を伏せた。

「いや、そういうことさ。僕らが困っていることを知っていながら、これ以上、子どもに渡さないなんて親父はどうかしている。この遺言書、母さんが書かせたんじゃないのか」

「お母さんは遺言書の中身、知っていたの？　知っていて黙っていたの？」

子どもたちの刺すような言葉に京子は耳を疑った。これが、自分が産んで育てた子どもたちの言うことだろうか。

「いいえ、知りませんよ。私も今、初めて知ったのだもの」

「じゃあ、母さんもおかしいと思うだろ。西園寺先生、遺言書がどうであれ、母が僕たちにも遺産を分けると決めて遺産分割協議書を作れば、それで済むんじゃないですか」

西園寺は三人を見渡すと、

「こんなこともあろうかと、お父様はその理由を付言として記されております。奥様、読み上げてよろしいですか」

京子がうなずくと、西園寺は付言を読み上げた。

そこには妻に対する感謝の気持ちと、子どもたちに精神的経済的自立を求める言葉が綿々と綴られていた。さらに、これまで長男に援助してきた金額や、長女に贈与した住宅資金なども記されていた。

長男、要に資金援助した金額は次のように記載されていた。

・会社倒産、整理資金として合計三〇〇〇万円
・消費者金融への借り入れ返済資金として合計二五〇〇万円
・妻の実家からの借入金返済合計一〇〇〇万円

以上、憲一郎が肩代わりして返済した総額は合計六五〇〇万円に達していた。

一方、長女の瑠璃子には中古マンション購入資金として、二年間で四〇〇〇万円の

住宅資金贈与をしたことが記されていた。

長男に対する度重なる多額な援助は、京子さえ知らなかった。

瑠璃子が目をつり上げて、今度は要に噛みついた。

「兄さん、私が知らない間にこんなにもらっていたの？　ずるいわよ」

「お前だってマンションを買ってもらったじゃないか」

「兄さんの金額の三分の二にもならないわ」

要は不貞腐れたように、

「いずれ僕のものになる金を、先に用立ててもらっただけさ」と言い捨てた。

そして、西園寺を睨みつけると苦し紛れに言った。

「こんな一方的に父が書いたものが有効なんですか！　これが正しいかどうかなんて、誰が証明できるっていうんですか」

西園寺は冷静な口調で、

「お父様が詳しく書かれていたノートがあります。日時、金額、振込先、控え、通帳、さらには現金で渡したときの受領書、立会人の名前まで記録してあります」

憲一郎は、自分が死ねば、息子が妻に対して遺留分を請求することを予想し、万全の準備していたのだった。

要もさすがにショックを隠し切れなかった。まさか父がこれほど詳細に肩代わりした借金のメモまで残し、こうした形で家族の前で明らかにするとは……。

実は、父が肩代わりした金額は六五〇〇万円より多いはずだが、要は自分に都合の悪いことはすっかり忘れていた。しかし、本人の記憶は消えても、父の付言とメモは記録としてしっかりと残されている。しかも、現金の授受の立会人は税理士の西園寺だ。手も足も出ない。

資金援助を受けた六五〇〇万円と今回の代償分割の二五〇〇万円で合計九〇〇〇万円。生前にもらった金額だけでも遺留分を超えている。

まさに万事休すの状況だが、要はあきらめなかった。

……なんとかして今のうちに母からもっともらわなくては！　母が長生きしたら自分の生活は成り立たない。

どんなに身勝手な言い分か気づきもせず、妹と共同戦線を張って、母に粘り強く金額の上乗せを要求しようと決意した。

＊＊＊

京子にとって、要は自慢の息子だった。

神経質で線が細いところはあったが、幼い頃から勉強ができた。男の子を持つ友人たちは口々に「大きくなると親と口もきかない、何を考えているかさっぱりわからない」と嘆いていたが、中学、高校時代も反抗期があったのかどうかも記憶にない。

私立の進学校から一流大学に進み、大学院から大企業へ、エリートコースを歩いてきた。付き合った女性は何人かいたようだが、京子は会ったことがない。

「家に連れて来ると、相手が本気になって後が面倒になるからさ」と、決して家には連れて来なかった。複数の女性と付き合っている様子だったので、いずれ、その中の誰かと結婚するのだろうと思っていた。

「どの娘が本命なの」

あるとき、冗談めかして聞くと、

「嫌だな、母さん、恋愛と結婚は別だよ。女って馬鹿だね。ちょっと高い指輪をプレゼントするだけで、すっかり安心してなんでも言うことを聞くようになるんだから」

こともなげに言った言葉に、息子の奥底にある冷酷さや計算高さを垣間見たような気がして嫌な気がしたが、大人ぶっているだけだろうと思っていた。

だが、要は言葉通り実行した。

付き合っていた娘たちをあっさり整理して家柄のいい娘と見合いをし、両家の負担で豪華な華燭《かしょく》の典《てん》をあげた。親戚や友人は「申し分のないカップルね」と羨ましがったが、京子は複雑な思いだった。

絵に描いたようなエリート人生に狂いが生じたのは、三十代後半になった頃だ。

突然、会社を辞めて起業。二年後、会社は資金繰りに行き詰まって倒産し、多額の借金が残った。それ以来、妻ともうまくいっていないらしく、荒《すさ》んだ生活が顔や言動に表れるようになった。

ある夜、夫と息子はふたりきりで応接間に閉じこもり、何時間も話し込んでいた。怒鳴り声に驚いて京子がドアを開けると、あわやつかみ合いの喧嘩《けんか》になるところだった。

要が帰った後も、夫はずっと不機嫌で、多くを語らなかった。

「馬鹿なヤツだ。世の中はそれほど甘いもんじゃない」と吐き捨てるように言い、

「お前は心配するな。だが、要が泣きついてきても金を渡してはいけない」と釘を刺した。

＊＊＊

長女の瑠璃子は要と違い、学校の成績は低空飛行だった。バレエ、ピアノ、英会話、乗馬、スキーなど、瑠璃子が「やりたい」と言ったことはすべてやらせてきたが、どれも長続きしない。飽きっぽく辛抱がきかないのである。

家庭教師の熱心な指導のおかげで、なんとか良家の子女が多い私立大学に滑り込んだときはほっとしたものだ。その頃から花が開くように美しくなり、男の子からチヤホヤされるようになった。

大学二年のとき、渋谷で読者モデルにスカウトされた。化粧が濃くなり、モデル仲間と夜遅くまで遊びまわるようになった娘に、京子はオロオロし、夫はきつく諌めたが、さっぱり効果はなかった。

ある朝、瑠璃子がいつになく神妙な顔をして、

「会ってもらいたい人がいるの」と言った。

翌日、家に連れて来たのが神山秀樹だ。

今までのボーイフレンドたちとは正反対の土臭い青年だった。着ているものも垢抜けない。北陸の小さな町で生まれ、七歳で父親を亡くしてからは母の手ひとつで育てられたという。アルバイトをしながら国立大学に通っていたが、少しも貧乏を恥じていないところが清々しかった。

「瑠璃子さんとは釣り合わないことはわかっています。でも、僕は誰よりも真剣に彼女のことを想っています。結婚を前提にお付き合いさせてください」

コチコチに緊張しながらも、ふたりにきっちりと頭を下げた。

夫も京子も突然の展開に面食らったが、神山と付き合うようになって瑠璃子の夜遊びはピタリと止んだ。神山の言葉は親の小言より効果があるようだった。

夫は結婚に反対していたが、周りが反対するほど、ふたりの結婚の意思は強くなった。神山が大学を卒業し、公務員となって二年後、夫もようやく折れた。

神山はごく質素な結婚式を望んでいたが、瑠璃子は「それじゃ恥ずかしくて友だちも呼べないわ。女にとっては一生に一度のことなのよ」と泣いて抵抗。京子も「費用はこちらで持つから、神山さん、お願いよ」と頼み込み、半ば強引に一流ホテルでの結婚式と披露宴を承諾させた。

　上京した神山の母親はそれを聞いてひどく恐縮し、小さな身体をさらに縮めて何度も何度も頭を下げた。そのときの神山の怒ったような、傷ついたような表情が心に残っている。

　結婚して三年もしないうちに、瑠璃子は愚痴や不満を言い出した。恋が醒めると金銭感覚の違いが噴き出したのだ。

「公務員宿舎なんてサイテーよ」から始まり、夫の安月給を嘆き、好きなブランドの服も買えない、友だちと贅沢な店にも行けないと不満を言う。

「絶対にこの人じゃなければダメって言い張ったのは、あなたじゃないの」

「お母さんには貧乏暮らしの惨めさがわからないのよ。あ〜、失敗したわ。兄さんは利口だったわ」

　あのとき、瑠璃子を突っぱねていればよかったのだと思う。

　しかし、京子にはできなかった。結局、夫を泣き落として中古マンションを買ってやり、その後も生活費や小遣いを与え、孫が生まれると教育費を援助した。瑠璃子と実家の距離が縮まるほど、夫婦の溝は深まっていった。

＊＊＊

結局、私は子育てにことごとく失敗したのだ……。

遺言書をめぐる騒動があった日から眠れない夜が続いている。ひとりでは持て余すほど広い家で、京子は限りなく孤独だった。

こうやってたったひとりで歳をとっていくなんて。しかも、息子や娘は私が死ぬのを待っているなんて。なんと惨めな人生だろう。

げっそりとやつれた京子は、税理士の西園寺に「子どもたちにもう少し財産を分けるようにしたいので、来ていただけませんか」と連絡を入れた。

日曜日にも関わらず、西園寺はすぐに駆けつけて来た。

京子の話をじっくりと聞いた後、憲一郎が晩年、病院に西園寺を呼び、遺言書を書き換えたときのことを話してくれた。

「一度は、お子さん方にもそれなりに財産を残す遺言書を作成されていたのです。しかし、気が変わったからすぐ来てほしいと呼ばれました。ご自分が亡くなった後、奥様とお子さん方の力関係が逆転することを大変心配され、奥様を守るための遺言書を改めて作りたいとのことでした」

「主人は、私にはそんなこと、ひとことも話しませんでした」

「奥様が反対すると思われたのかもしれませんね。こんなことをおっしゃっていました。母親というのはいくつになっても、どんなことになっても、子どもを突き放せないものらしい。それが母性というものだろう。それが仇《あだ》にならないように妻の相談相手になってくれ、私の代わりに守ってほしい、と」

「そんなことを……」

涙ぐむ京子に、西園寺は優しく続けた。

「ご主人は、この遺言書で起こる争いを予測されていらっしゃいました。奥様が辛い立場に立たされることも、奥様がお子さんの言い分を受け入れて、遺言書によらず、お子さんたちに財産を分けようとされることを心配されていました。そして、そのときには、自分の決断は熟慮した結果だとわかるよう、私から伝えてくれとおっしゃったのです」

西園寺は目を閉じて、その日、病室で憲一郎とどんなやりとりがあったのかを思い出しながら語り始めた。

＊＊＊

憲一郎は闘病で身体は弱ってはいたが、目にはまだ力があった。

「西園寺先生、家族の恥を話すことになるが聞いてくれ。きちんと話しておかないと妻は前に進めないと思う。本当は私から話すべきことだが、アレがショックを受けるのを見たくないのだよ」

「わかりました。なんでもおっしゃってください」

「息子が会社を潰したことはご存知の通りだが、その後も消費者金融に借金を重ねていて、その総額は数千万円になっていた。彼らは実家の財産まで調べ上げて貸し込んだのだよ。妻の由紀さんの実家からも相当な金額を借りていた。それらは私がすべて清算した。だが、要はそれでも懲りずに、リスクの高い投資に手を出して大きな損失を出した。自暴自棄になって由紀さんに手をあげたこともあるらしい。由紀さんは子どもを連れて実家に帰ってしまった。由紀さんとご両親には本当に申し訳ないことをした。由紀さんと孫のためと思って、この損失も私が埋めた。幸い、今は元の鞘《さや》に戻ってなんとかやっている」

「そうだったのですか」

「エリートは一度つまずくと弱い。挫折を知らないで生きてきたからだろう。立ち直ってほしいが、ここでまた大きな金を手にすれば同じことを繰り返すに違いない。私はそういう男をたくさん見てきた。だから、息子の口座に最低限生きていけるだけの金が月々振り込まれるように手配した。その代わり、『これで援助は終わりだ、親子の縁を切る』と言った。冷たいと思うかもしれないが、これが要のためであり、妻のためでもあるのだ」

憲一郎は深々とため息をつき、辛そうに続けた。

「次は瑠璃子のことだ。私が神山君との結婚に反対したのを、妻は家柄が釣り合わないからだと誤解していると思う。そうじゃないのだ。神山君はなかなか気骨のある男だ。問題は瑠璃子の方だ。妻に負けて結婚式の費用を負担し、マンションも買ってやったが、間違いだった。神山君の、男としての、夫としてのプライドを傷つけてしまった」

西園寺がうなずいた。

「その後も妻が何くれとなく援助しているのは知っている。しかし、それを続ける限り、あの子は目が醒めない。神山君は辛抱強い男だが、もう限界だ。瑠璃子は夫の収入で生計を立てることを覚え、身の丈に合った幸せを見つけなければいけない。これが夫婦のよりを戻す最後のチャンスなのだ」

憲一郎は話し終えるとぐったりとベッドに体を横たえ、弱々しく笑った。

「笑ってくれたまえ。なんともはやお粗末な話だが、時が来たら妻に今の話をしてやってくれ。そして、子どもたちから離れて、残された人生を楽しんでほしいと伝えてほしい」

そして、最後に、

「妻はまだまだ若いし、健康だ。九十どころか一〇〇歳まで生きるかもしれない。これからの人生は長い。仕事にばかり明け暮れていた私の人生とは違う。身体を大事にしてくれ、人生を楽しんでくれ。面と向かって私が言えなかったことを、先生から伝えてほしい。ありがとう、ありがとう、何度繰り返しても足りないほど感謝している、と」

＊＊＊

京子はうつむいてじっと聞いていた。その膝に涙が落ちた。しかし、顔を上げたときには、顔にも眼差しにも生気が戻っていた。

「先生、ありがとうございます。あのような遺言書を遺したばかりに、見たくもないものを見、聞きたくない言葉を聞くことになったと、主人を恨んだこともありましたけれど、今では主人の気持ちがよくわかります。どうか、これからも相談に乗ってください。ひとりでは心細くて……」

「むろんです」

「実はあれから何度も息子から電話がありました。このままでは二次相続が大変なことになるとか、業者に家の査定を依頼したとか、もう私は何が何だか……」

「やはりそうでしたか」

「五十歳を過ぎてまで、親の財産をあてにする気持ちが私にはわかりません。自分には相続権があると言って私を責め立てるのです。主人は『少欲知足』を座右の銘としていたのに、なぜ、子どもたちはこんなに欲の深い人間になってしまったのでしょう。私の育て方が間違っていたのでしょうか」

「奥様に非はありませんよ」

西園寺は恥じ入る京子にきっぱりと言い、子世代の実状を説明した。

長寿時代になり、親が九十代、子が六十代、孫が三十代というケースも珍しくない。六十代を迎えた子世代には退職金や年金への不安がある。彼らにとって相続は大きなお金を得る最後のチャンスなのだ。親が資産家の場合は、自分の退職金どころか生涯賃金より大きな額になる場合もある。

税理士という立場柄、これまでも凄まじい財産争奪戦を何度も目の当たりにしてきた。西園寺はいつになく強い口調で、

「夫婦で築いた財産は夫婦のものです。子どもは財産形成になんの貢献もしていない。親の財産に対する子どもの権利などないのです。まして、子としての最低限の義務も果たそうともせず、権利だけを主張するのは論外です」と言い切った。

「しかし、ここが勝負と、目の色が変わってしまう人も少なくない。中には節税対策

や相続対策をとことん研究されているプロ顔負けの人もいる。こうなると高齢の親御さん、特に奥様が残された場合は到底歯が立たない。ご主人が心配しておられたように、親子の力関係が逆転してしまいます」

国も裕福な高齢世帯から若い世代へ、資産の移転を促す税制を進めてきた。住宅資金贈与制度や教育資金贈与制度などがそれだ。

「制度自体は決して悪いものではありません。しかし、〝人生一〇〇年時代〟といわれるように、昔とは比較にならないほど老後は長い。親御さんはその分の生活費を確保しておかなければなりません。私は〝長生きリスク〟という言葉が嫌いですが、現実問題として、親世代にとっては相続対策より生存対策が大切だと思っています」

＊＊＊

「長生きリスク」、「生存対策」……、西園寺の話は衝撃的だった。しかし、自分自身が漠然と不安に思っていたことと怖いくらい当てはまった。

預貯金こそ多いが、京子の現金収入は遺族年金だけだ。相続した株は、税金の支払いのために手放してしまったので配当も入らない。夫が亡くなって年金が四分の三になったときは、足元が崩れていくような感じがした。

預金残高は砂時計のように減っていく。京子自身はさして贅沢をしていないと思うのだが、娘や孫に使うお金が年間にすれば相当な額になる。

古い家と広い庭を維持する費用も馬鹿にはならない。多額の固定資産税はもとより、防犯システムを入れたり、家の修理やリフォームをしたり、庭木の剪定《せんてい》や草とりを頼んだりするたびに、一〇万、一〇〇万円単位でお金が出ていく。こうした費用は今後増えこそすれ、減ることはないだろう。

息子がまた借金を重ね、その穴埋めを迫られたらどうしよう。頼りにしていた夫はもういない。それを考えると心臓がギュッと締めつけられる。

老後は子どもの世話にはならないと決めてはいた。しかし、現実は京子の想像をはるかに超えていた。自分の老後の資金まで、子どもたちから守らなければならないなんて誰が考えるだろう。こんなことを誰に相談できるのだろう。

そのとき、西園寺の顔が浮かんだ。

夫が「妻を守ってほしい」と頼んだという話を思い出し、勇気を出して相続だけでなく、相続後の不安も洗いざらい打ち明けた。

西園寺は結論を急かせなかった。京子自身が結論を見つけ出すまで何時間でも話を聞いてくれた。西園寺に会うたびに肩の荷が下りていく。

京子は結論を出した。

夫の遺言書通り、自分が全財産を相続して相続税を払う。子どもたちには二五〇〇万円ずつ配る。要と瑠璃子には西園寺から伝えてもらうことにした。

＊＊＊

西園寺から話を伝えられたふたりは、案の定、納得しなかった。

しかし、さすがに遺留分までは言い出さなかった。遺留分とは法定相続分の半分に当たり、この場合は一人六二五〇万円になる。しかし、すでに多くの贈与を受けてきたことが遺言書の付言に記載されており、それが特別受益になることは、他の専門家からもアドバイスされていた。

しかし、ふたりともあきらめきれない様子で、

「母が亡くなったときの二次相続を考えれば、今のうちにもっとたくさん子どもに移しておいた方が税金対策になるんじゃないですか。税理士なら、そんなことは十分におわかりだと思いますがね」

「先生が言えば、母も納得するはずですわ」

西園寺にはふたりの本音が手にとるようにわかった。

……二五〇〇万円では少なすぎる。しかし、ここで遺留分まで口にすれば、さすがに母も激怒するだろう。母の相続でどんなしっぺ返しがくるかわからない。それに「実家を売れ」とまでは言えない。ここは預貯金二億円の半分、一億円を対象として、ふたりで五〇〇〇万円ずつ分けるのが現実的だろう。

本音は、一人五〇〇〇万円ずつ欲しいのだ。

西園寺は、京子にふたりの本音を伝えるつもりはなかった。子どもたちの言い分は遺言の主旨に反する上、京子の老後の暮らしを守ることにならない。

西園寺は聞くだけ聞いた上で、

「二五〇〇万円ずつ皆さんに相続していただくのが、私の一次相続の仕事です」

きっぱり言い切って、その場を切り上げた。

話は終わったが、要は最後まで食い下がった。

「相続に関わる税金と費用は母に払ってもらいたい」

西園寺は苦笑してうなずいた。

京子は報告を聞いて呆れたが、「わかりました。子どもたちの税金は私が払いますので進めてください」と言った。

こうして「子どもふたりに手取り二五〇〇万円」で第一ラウンドは決着がついた。

＊＊＊

二年が経った。

京子の生活は落ち着きを取り戻した。しかし、すっかり荒れ果ててしまった家庭菜園のように、京子の心も荒涼としていた。

夫と一緒だったから楽しかった庭仕事もひとりではやる気が出ない。第一、ひとりではナスもキュウリもトマトも食べ切れるものではない。以前はご近所に配っていたが、そういう親しい付き合いをしていた人たちも、ひとり減りふたり減りしてほとんどいなくなってしまった。

　街並みも様変わりした。

　昔は風格ある屋敷町だったが、相続などで大きな屋敷が売られるたびに敷地が切り刻まれ、小さな建売住宅やアパートが増えていく。京子のところのような敷地一〇〇坪クラスの一軒家は数えるほどになり、樹々や草花で溢れていた庭も次々に殺風景な駐車場に変わった。馴染みの個人商店は次々に閉店し、その跡にケバケバしい看板のチェーン店ができた。

　見知らぬ人が増え、挨拶を交わすことも少なくなった。さりとて今さら新しい友人を作る手立ても気力もなく、家に閉じこもりがちになった。

　そんなとき、鎌倉の幼馴染みから電話があった。

「京ちゃん、落ち着いた？　一度戻っておいでよ。皆、すぐに集まるからさ」

「咲ちゃん？」

「そうよ。今、昔の仲間と集まってるの。よっちゃんもノブも真理子もここにいる。みんなが京ちゃんに会いたいから電話しろ、って。旦那さんのお葬式以来、会ってないからさ、心配なのよ。じゃ、代わるから」

電話の向こうはワイワイガヤガヤ騒がしい。戸惑いながらも順繰りに言葉を交わし終えたときには、翌週、鎌倉で集まることが決まっていた。

「そうそう、山崎君、覚えてる？　ほら、サーファーの山ちゃんよ。定年退職して鎌倉に戻ってきて、またサーフィンしてる。湘南で鳴らしたサーフボーイも、今じゃサーフジジイだけどさ、元気元気。ド派手な海パンにド派手なロングボードで頑張ってるよ。山ちゃんにも声をかけるから。じゃ、待ってる」

喋るだけ喋るとプツッと電話が切れた。

咲ちゃんこと井上咲江は相変わらず陽気で、チャキチャキしていて、早口で、おしゃべりで、一方的だわ。京子は思わずクスクス笑いながら、「あら、久々に笑ったわ」とつぶやいた。

＊＊＊

横須賀線が大船駅を過ぎて北鎌倉に入ると、あたりは一気に静寂な空気と緑に包まれ、鎌倉に帰ってきたことを実感する。鎌倉市役所の向かいにあるスターバックス御成町店に入ると、明るい庭のテラス席から「京ちゃん、こっち、こっち」と呼ぶ声がした。

「やあ、久しぶり」と、陽に焼けた山崎が手を高く挙げ、総勢十人くらいが笑顔を向けた。

「ここ、素敵ねえ」

思わず庭に見とれ、光を照り返して煌《きら》めくプールに見とれ、見事な藤棚を見上げていると、

「いい感じでしょ、ここが今の溜まり場なのよ」と咲江。

昭和の大漫画家、横山隆一の邸宅だったところで、プールのある庭は当時のままだと言う。

「古い町には、古い人間の居場所がたくさんあるよ」

「ここは時間がゆっくり流れているだろ。だから安らぐんだ」

「鎌倉は毎日季節を感じて生きていける街よ。イベントもたくさんあるし、刺激があってちっとも飽きないわよ」

堅苦しい近況報告もなく、時を一気に飛び越して京子は仲間に加わった。

今朝、何を着ていこうかとあれこれ迷ったのが馬鹿みたいだ。皆、ごく気楽な格好でこの場に馴染んでいる。

元湘南ガールや元湘南ボーイ以下、自称ヨットマン、サーファー、バンドマン……。シワが増え、白髪頭になってはいても、どこか昔の面影を宿して笑顔がキラキラして見えた。風采はともかく、みんな気持ちだけは老化していない。

「今でも同級生がたくさん鎌倉に住んでいるよ」

「平日の午後にここに来れば、誰か知り合いがいるわ」

小学校や中学校の同窓会は一度も開いたことがなくても、誰かが声をかければ、昔のようにたちまち十人や二十人は集まるという。

「みんな、時間だけはたっぷりあるからね」

テンガロンハットのバンドマンが、

「来週水曜日に老人ホームで演奏するんだ。聞きに来いよ」と言うと、

「あら、入居者と間違えられない？」

誰かがすかさず突っ込みを入れる。そんなテンポの良さも昔通りだ。

あっという間に二時間が経ち、京子が腰を上げると、みんなが「鎌倉に戻ってこい

よ」と言った。

「ここはベタベタした近所付き合いはないよ」

「人のことを詮索する人もいない」

「気の合う人とだけ付き合えばいいんだ」

「次に来たときはウチに泊まってよ。見せたいものがあるの。一人暮らしだから遠慮はいらないわよ」と咲江も誘う。

「そのときは俺らも飲みに行くからさ。そうだ、板長も呼ぼうよ」

咲江は老舗の料亭の娘だ。女将として店を切り回してきたが、子どもに継ぐ気がないとわかると、七十歳のとき、流行っていた料亭を暖簾《のれん》ごと売却。さっさとひとりで鎌倉のマンションに引っ越したという。

曰く「人を楽しませるために半世紀もキリキリ働いてきたんだもの。これからは自分が楽しむわ」

「女将さんが辞めるのなら」と板長も引退。しかし、咲江が声をかければ、いつでもマンションに来て自慢の腕をふるってくれるのだという。いつも小坪漁港から新鮮な魚を持って馳せ参じる仲間もいる。チームワークの良さも昔通りだ。

＊　＊　＊

鎌倉駅西口から市役所を左手に見ながらトンネルを抜けたところに、山に抱かれて立つ風格あるマンションがある。この四階が咲江の住処だ。今日は言葉に甘えて泊まりがけで遊びに来た。

仲間たちが帰った後、京子は、税理士の西園寺以外、誰にも話さなかった相続の顛《てん》末《まつ》を咲江に打ち明けた。子どもたちに言われたことも……。

「へえーっ、そんなことがあったの」

咲江はふっと笑って「やっと人並みになったね」と言った。

「なんなの、それ」

憮然とする京子に、

「京ちゃんってさ、いつも『なんにも苦労なんてありません』みたいに見えたから。昔からおっとりしてて、なんにもしなくても男の子から大事にされたり、守られたりしてたわ」

「あら、そうだった？」

「そうよ。それなのにさっさと東京に嫁いで、優しくて素敵な旦那様と幸せを絵に描いたような家庭を作ってさ、このまま何事もなく死んだら人間じゃないって思ってたわよ」

京子はプッと吹き出した。咲江も笑い出した。

「七十年も生きてりゃ、何かあって当たり前よ。みんなだって明るく笑ってるけど、癌で三回も大手術したり、痴呆症の奥さんを抱えてたり、自己破産を経験したり、大変な目に遭ってるの。でも、皆、〝今を生きよう〟って開き直ってるから一緒にいて楽しいのよ」

翌朝は、五時前に起こされた。

「早く、早く。こっちに来て」

バルコニーから咲江が呼ぶ。

乳白色にたゆたう朝靄の中から、鎌倉の街がゆっくりと姿を現そうとしていた。

「ほら、街が生まれるところ。これを見せたかったのよ。私のパワーの源。この瞬間、生きていることが愛おしくなるの」

咲江は、ふうーっと大きく深呼吸して言った。

「毎日が生まれ変わるの、毎日が新鮮なの。同じ日は二度とないのよ。一日一日、生きていることに感謝、感謝よ」

京子は言葉もなく、ただただ見入っていた。

墨絵の街が次第に色づき、その向こうには朝陽を受けて海が煌き、鳥たちがいっせいにさえずり始めた。新しい一日が始まろうとしている。

＊＊＊

あの日以来、毎月のように鎌倉に行っている。

墓参りをしたり、仲間とおしゃべりしたり、咲江のマンションに集まったり、仲間に誘われていろいろなイベントに参加したり……。そのたびに鎌倉への想いは高まっていった。

そんなある日、咲江から弾んだ声で電話が入った。

「このマンションが気に入ったって言ってたでしょ。三階に売りが出たよ。滅多に出ないのよ、ここ。２ＬＤＫ、八五〇〇万円。東京の家を売ってここに住んだら？　ここなら、息子さんが無理難題を言いに押しかけて来ても大丈夫。守ってあげる。皆、普段はヘラヘラして見えるけど、弁護士も司法書士も元刑事だっているんだから」

自分でも驚いたことに「買うわ！　押さえてちょうだい」と即答していた。

運命が、京子を生まれ故郷の鎌倉に引き戻してくれた。

＊＊＊

気持ちが吹っ切れると力が湧いてきた。

真っ先に西園寺に相談した。そのマンションは西園寺も知っていた。鎌倉で立地、グレードともにトップクラスのマンションで、値が落ちない優良物件だと言う。

「お子さんたちと距離をおくためにもいい選択だと思います。ご自宅の売却価格がどのくらいになるか、諸経費も含めて調べてみますが、この買い替えでかなりの差額が見込めますし、維持費も大幅に下がりますよ」

「先生、この話、目処がつくまで子どもたちには内緒にしておきます。すべて決まってから話しますが、そのときは先生も同席してくださいね」

西園寺は（何もかも心得ていますよ）というふうにうなずくと、早速、専門家を集めてチームを組み、テキパキと事を進めてくれた。

一カ月もしないうちに、大手不動産会社から三億円でオファーが入った。譲渡税や住民税、仲介手数料などの諸経費に四〇〇〇万円ほどかかるとのことだったが、京子はためらいなく話を進めた。

鎌倉のマンションは言い値で買った。損得よりも、とにかく早く安全に取引を終わらせることだ。リフォームして家具家電を揃えたとしても、一億円以上が手元に残る。一〇〇歳まで生きたとしても心配はない。夫にも子どもにも秘密にしていたが、実家の親から相続した「女の隠し金」もある。

元気な間はマンションで暮らし、身体がきかなくなったら老人ホームに入ろうと思っている。咲江が「この辺の老人ホームは全部チェック済みよ」と言っていた。そのときが来たら、このお金を入居費に充てるつもりだ。

西園寺と打ち合わせを重ね、契約も済ませた後で子どもたちに打ち明けた。

要は事前に自分に相談がなかったことに腹を立て、「もっと高く売れたはずだ」とか、「鎌倉のマンションだって、値切ればもっと安くなったはずだ」などと文句を言った。瑠璃子は「私たちが育った家がなくなっちゃうなんて」と嘆き、売却にかかった諸経費が四〇〇〇万円と聞いて目をむいた。

何を言われても、京子はもう動じなかった。

「売却したお金の一部はあなたたちにも分けるつもりよ。それに、今の家より維持費が減るから、私が死んだとき、あなたたちに渡るお金も増えるわ」とぴしゃりと言って、子どもたちを黙らせた。

その場では具体的な金額は言わなかったが、西園寺と相談してふたりには売却代金から二五〇〇万円ずつ渡そうと思っている。

渡し方は、今度もまた西園寺にお任せすることにした。

「これで前回分と合わせて一人合計五〇〇〇万円になります。まさに、お子さんたちの本音の金額ですね」と西園寺。

「これはいわば、私からの手切れ金です。子どもたちとの約束を果たしたから、もうなんの後ろめたさもなくひとりで生きていけますわ」

京子は、晴れ晴れとした顔でそう言った。

要と瑠璃子はそんな母の心の内も知らず、心の中で快哉《かいさい》を叫んでいた。

＊＊＊

「お母さん、このエルメスのスカーフやカルティエのバッグ、素敵ね。この着物も鎌倉に持っていかないの？」

実家の片付けを手伝う、といって押しかけてきた瑠璃子だが、目を皿にして衣類や家具を物色している。まるで家捜しに来たみたいだ。

「鎌倉に持っていくものはここに分けてあるから、その他に気に入ったものがあれば、なんでもあげるわ」

「え、それだけしか持っていかないの？　アクセサリーは？」

「真珠のセットとお父さんからもらったダイヤモンド以外はあげるわ」

鎌倉に送る京子の荷物より、瑠璃子が自宅に送る荷物が増えていく。

「お母さんたら欲がないのね」

(ええ、あなたたちの貪欲さのおかげでね)

京子は心の中でつぶやいた。

しかし、そのおかげで、過去や子どもと決別して翔び立つ決心ができたのだ、とも思う。
旅立ちは身軽にしよう。
鎌倉では誰にも見栄を張る必要はない。
モノが少ないほど心は軽くなる。
車も運転免許も手放した。
鎌倉はこぢんまりとした、歩いて暮らせる街だ。
その中に海も山もあり、四季折々に鮮やかに変化する自然がある。
心地よい居場所も、自然体で付き合える仲間もいる。
これ以上、何を望むことがあろう。
せっせと家を片付けながら、京子の気持ちは仲間の待つ鎌倉に翔んでいる。

第二話

継ぐもの　～日本橋横尾家の相続～

書道家の志津に見染められ、創業二〇〇年の老舗に嫁いだ桜子。坊ちゃん育ちで遊び好きな夫に失望しつつも、師と仰ぐ義母のもとで研鑽し、横尾家の伝統や魂を次の世代へ繋げていく。「相続とは何か」を問う。

宇田川桜子がいつものように十五分前に書道教室に入ると、すでに席はほとんど埋まっていた。この時間に着けば、いつもは半分以上の席は空いているのに珍しいことだ。しかも、あちこちに数人ずつ集まって話しており、ざわざわとして落ち着かない。

クラスで一番後輩の桜子は、皆に丁寧に一礼すると空いていた後ろの席についた。書道の道具を取り出す。すっと背筋を伸ばし、大きく深呼吸すると墨を磨り始めた。最近では便利だからと墨汁を使う人が多いが、桜子はいつも早く来て丁寧に墨を磨る。立ち上がってくる墨の香りを嗅ぐと心が静まり、書に向かう心が整う。

ここは八王子駅前にあるビルの三階。白水会八王子支部の書道教室があり、短大生の桜子は昨年秋からここに通っている。二カ月前に初段に昇級し、上級クラスに上がったばかりだ。上級クラスのメンバーは二十代から七十代まで三十六人おり、全員が有段者である。

最初に声をかけてくれた二歳年上の坂上典子は、教室一の情報通で面倒見もいい。

「桜子さん、隣に座っていいかしら」

笑顔で近づいてきた典子に、

「皆さん、今日はずいぶん早いけれど何かあるんですか」と聞いた。

「あら、知らなかった？　今日は志津様がいらっしゃるのよ」

「志津様？」

「白水会の総帥《そうすい》で、書道家の横尾志津先生。先生方は『大先生』って呼んでいるけど、私たちは憧れと敬愛の念を込めて『志津様』って呼んでいるの。だって、『大先生』なんてお年寄りっぽく聞こえるじゃない？　志津様は日本橋の老舗企業の社長夫人で、日本橋横尾製紙株式会社の取締役でもあるの。あなたも『和紙の横尾』ってご存知でしょ。白水会は日本橋横尾製紙がサポートしている書道団体なのよ」

桜子が何も知らないとわかると、典子は呆れたように首を振った。

「まあ、それならどうして白水会を選んだの」

「駅前で便利ですし、ポスターの書がとても素敵だったので……」

「お教室の前に貼ってあるポスターね。その書が志津様の作品なのよ」

典子はもっと何か言いたそうにしていたが、師範《しはん》の山本涼子が入ってきたのを見て、慌てて席についた。山本は書についても厳格だが、礼儀にも大層うるさい。

「皆さん、こんばんは。今日は全員揃いましたね。大先生は十五分くらいで到着されますから、各自、来月出品する作品を練習していてください」

山本は早口でそう言うと、そそくさと教室を出ていった。

典子は桜子に囁《ささや》いた。

「お出迎えよ。志津様は全国のお教室を定期的に回られているの。お目に留まると日本橋の特別教室で直接ご指導を受けられるんですって。だから、今日は皆さん、戦々恐々としているのよ」

このクラスのほとんどが師範を目指していたが、師範にとどまらず、書道家として世に出たいという夢を抱いている人もいた。だからこそ近所の書道教室ではなく、遠くから月謝の高い白水会に通っている。白水会の総帥である横尾志津の目に留まることは、書道家として世に出るチャンスだった。

志津が姿を現すとあちこちからため息が漏れた。四十代後半くらいだろうか、淡い色合いの江戸小紋に格式の高い袋帯、豊かな黒髪を美しく結い上げた姿は、一幅の絵のようだ。

代々続く呉服屋に生まれ育った桜子には、一目で着物や帯が高級なものであることがわかる。それをまるで普段着のように気負いなく着こなしていた。何よりも驚いたのは、書道教室に淡い色の着物を着て現れたことだった。

「あんなに淡い色の着物に墨が飛んだら、染み抜きは大変だわ」と心配になってしまう。

志津はにこやかに短く挨拶をすると、「どうぞ、そのまま続けてくださいな」と言い、山本の案内で教室を回った。

桜子は雑念を振り払い、一息深く呼吸すると心を集中した。書に向かうときはいつもそうしている。周りの景色も声も消え去り、書に没入できた。書き終えてふと目を上げると、志津と目が合った。慌てて会釈すると志津が近寄ってきた。

「あなた、いつからこちらの教室に？」

「入れていただいて一年になります」

「それまではどちらで練習なさっていたの？」

「小さい頃は祖父に手ほどきを受けました。その後十年ほど近所のお寺の和尚様に教えていただきました。でも和尚様が亡くなり、書道から離れておりました。その後は気が向いたとき、時々筆を持つ程度でしたので……」

上級クラスの中で、ひときわ自分の稚拙さが目に付いたのだろうと思い、桜子は身をすくめた。

師範の山本もそう思ったのか、

「宇田川桜子さんには上級クラスは少し早いと思ったのですが、二カ月前、初段に昇級しましたので」と言葉を添えた。

志津はほのかに微笑んで桜子を見た。

「いえ、あなたの筆には独特のものがあります。来週から日本橋の教室にいらっしゃい」

教室内がざわめいた。

桜子の書はよく言えば伸びやかだが、書道の原理原則からすれば拙《つたな》さや粗さがまだまだ目立つ。ほとんどの者が心の中でつぶやいていた。

――十年、二十年と研鑽《けんさん》を重ねた自分たちを差し置いて、初段をとったばかりの新参者が志津様の目に留まるなんて！　自分の方がずっと上手なのになぜ？

山本も生徒たちの不満を敏感に察した。

「お言葉ですが、桜子さんはもう少しここで研鑽を積んだ方がよろしいかと思います」

「型にはまる前に、私が直接見て差し上げたいのよ」

志津は柔らかに、しかし、きっぱりと言い切った。

志津は、桜子に天賦《てんぷ》の才を見出していた。筆を持つ姿にしっかりとした体軸があった。本人は無意識だろうが、全身で筆を操ることを体得している。何よりも心を惹かれたのは、書道を心から楽しんでいることが身体全体から伝わってきたことだ。

形や技巧に過度にこだわる山本涼子の元に置けば、この才能が殺されてしまいかねない。残念だけど、山本にはこの娘の真の才能がわからないのだ。

山本は師範となって五年。白水会でも十指に入ると言われ、自身もそう自負しているようだが、志津から見ると個々の個性を見抜いて育て上げる才がない。ここが彼女の指導者としての限界だろう。そして残念ながら書道家としても……。山本の書は正確無比であったが、人の心を惹きつけるオーラがなかった。

＊　＊　＊

「大先生、今日は何かいいことがあったのではないですか」

日本橋に戻る車の中で、運転手の澤田が話しかける。

「わかる？」

「そりゃわかりますとも。もう十五年もお仕えしているのですから」

「ふふふ、そうね。あなたには全部見抜かれてしまうわ」

志津はいつになく饒舌《じょうぜつ》に語り始めた。

「八王子のお教室で面白い娘さんを見つけたのよ。私がお教室に行くと、生徒さんが緊張して筆を持つ肩に力が入るのがわかるの。でも、ひとりだけ無心に筆を動かしている娘さんがいたの。体中で楽しげに筆を操っていた。書自体はまだまだだけど、とにかく惚れ惚れするような伸びやかな線なの。独特のリズム感も持っている。いったいどんな人に手ほどきを受けたのか、とても興味深かったわ」

「ほう、それで？」

「最初はお祖父様に手ほどきを受けて、その後は近所のお寺の和尚様ですって」

「それはそれは……。確かに異色なお嬢さんですなあ」

澤田は面白そうに笑った。

「そうでしょ？　その後は誰にも師事してないんですって。どうやったら、あんなふうな線を引けるようになるのか、そして、あんなに書道に夢中になれるのか、手ほどきをされたお祖父様と和尚様にお会いしてうかがいたいくらいよ」

「では、そのお嬢さんはこれから日本橋の教室に来るのですね」

「ええ、そのつもりよ。山本さんは大分不満そうだったけれどね」

「そうですか、そうですか。キツネ顔の山本先生が、今日はさぞかしふくれっ面になったことでしょうね。キツネがタヌキに化けたわけだ。想像すると愉快だなあ」

「まあ、澤田ったら意地悪だこと」

志津も思わず吹き出した。

＊＊＊

桜子は帰ると、真っ先に祖父に今日の出来事を報告した。

「ほう、その志津先生とやら、たいした者だの」

「でも、おじいちゃん、どう見てもお教室には私より上手な方ばかりなのよ。山本先生も困ってしまっていたし、教室の皆さんも不機嫌そうだったわ」

「そりゃそうだろう。お前の書がまだまだなのは間違いないもの」

「おじいちゃんったら、褒めたかと思うとすぐ落とすんだから」

「何を言っとる。わしが褒めたのは志津先生だ。お前の下手くそな書の中に、何か光るものを見出した眼力に敬服したんじゃよ」

志津から直接指導してもらえる機会を与えられたことはとても嬉しい。しかし、期待に応えられるのか、だんだん怖くなってきた。

桜子はただただ書道が好きなだけで、書道家になろうという野心はなかった。

幼い頃から、大好きな祖父が箒《ほうき》のような特大の筆を振るい、畳大の幟旗《のぼりばた》に大胆に文字を描く姿を観ていた。祖父の宇田川正一郎は、かつて養蚕《ようさん》が盛んで「桑都《そうと》」として栄えた八王子に店を構える宇田川呉服店の六代目だ。豪放磊落《ごうほうらいらく》な性格で、幟旗の筆文字も豪快そのものだった。鉢巻、袴姿できりりと襷《たすき》をかけ、たっぷりと墨を含ませた筆で一気呵成《いっきかせい》に書き上げる。その姿は幼い桜子の憧れだった。

桜子は二〜三歳の頃から祖父の仕事部屋に入り浸っていた。正一郎は商売の台帳を毛筆でつけていたから、いつも墨の香りがした。

「おじいちゃん、私も」とねだると、畳の上にゴザを敷き、紙と筆を与えて自由に遊ばせてくれた。そんなわけで、普通の子どもがクレヨンと画用紙を与えられる前に、手や顔を真っ黒にして筆と和紙で遊んでいた。

正一郎にとって桜子はただひとりの内孫だ。目に入れても痛くないほどの可愛がりようだったが、躾《しつけ》には大変厳しかった。「桜子はいずれこの店を継ぐ身なのだから」と、お辞儀や姿勢、正座、箸の持ち方、食事の作法など、徹底して教え込んだ。

その後、待望の弟が生まれ、跡継ぎができたのだが、桜子に対する祖父の愛情は変わることはなかった。のちに桜子は、幼い頃に祖父に厳しく躾けられたことが、最大の財産だと思うようになった。

書に関してもそうだった。

正一郎は、ある日、筆で遊んでいる桜子に言った。まだ三歳の頃だ。

「本気で書道をやってみたいか」

「うん、おじいちゃんみたいになりたい」

「では、どんなに退屈でもじいちゃんの言うことをやるかい。それを約束できるなら、基本を教えてあげるが」

桜子が真剣な顔でうなずくと、正一郎は筆の正しい持ち方と姿勢を教え、一本の線を引くように命じた。何日も縦の線ばかりを描かせ、次は横の線、次は円といった具合だった。「字を書きたい」とねだっても、「まだまだ早い」と一蹴《いっしゅう》された。

四歳になったとき、正一郎はニコニコして言った。

「もう、じいちゃんが教えることはなくなった。これからは正覚寺の千鶴《せんかく》和尚につい て習いなさい。じいちゃんが頼んでおいたから」

千鶴和尚は、正一郎の古くからの友人だ。世襲の住職ではなく、若い頃に東洋哲学に傾倒して出家し、あちこち放浪し、モンゴルまで修行に行ったという噂もあるが、定かではない。そんな話がまことしやかに囁かれるほど、住職としては異色の存在だった。

当初は「わしは書など人に教えたことはない、ましてや四歳の幼女になど……」と断った。しかし、「まだ無垢だからこそ、和尚に指導してもらいたいのだよ。わしが知る限り、お前さんの字が一番じゃからな。やり方はすべて任せる。土台のところだけはやっておいたつもりだから、ともかく孫と会うだけでも会ってくれ」

千鶴和尚は、桜子がきちんと正座をし、「和尚さま、よろしくお願いします」と折り目正しいお辞儀をした瞬間に、「なるほど。これは教え甲斐があるわい」と唸り、ただひとりの弟子にしたのだった。

それから約十年間、週に一回二時間ほど千鶴和尚のもとに通った。小学校高学年になると、クラスではもちろんのこと、地元の書道大会でも金賞をとるようになっていた。

　一度だけ書初めで金賞を逃したことがあった。

「和尚さま、悔しい」

「そうか、そうか。では、金賞をとった書をどう思うか」

　桜子は金賞の作品を思い出して小さい声で言った。

「……とてもいい書だと思いました」

「では、自分の書はどうだったかの？　精一杯、力を尽くしたものだったか」

「はい、自分としては精一杯頑張りました」

　和尚はにっこり笑い、「よかった、よかった。良い経験をしたのう」と、うなずいた。

「書に勝った負けたはない。良い書と、もっと良い書があるだけなのだよ。桜子の書は良い書だ。それは自分自身が一番よくわかっておるだろ。金賞をとった書はもっと良い書だっただけのこと。悔しがることはない、どちらも己にとって良い書だったのだから。それよりも、金賞の作品をとても良い書だと認め、それを口にした桜子の心が何よりも尊い。金賞以上に価値がある言葉だと、わしは思う。そういう素直な心を持ち続ける限り、桜子はこれからも成長できるし、どんなことも乗り越えられる」

和尚の教えは書だけでなく、考え方や生き方にも影響を与えた。しかし、桜子が中学二年のとき、大病に倒れてしまった。

和尚は見舞いに来た桜子を慈愛に満ちた目で見つめ、優しく言った。

「泣くことはない。わしがいなくなったとて悲しむことはない。死もまた必然なのだよ。小さな虫から人間まで大宇宙の理《ことわり》に添って生き、そして死ぬのだ。桜子の人生もこれからいろいろなことがあるだろう。だが、どんなことがあっても恐れたり、逃げたりせず、受け止めることだ。すべてのことが必然なのじゃから、今のような素直な心で運命を受け入れて、感謝の心で生きていきなさい」

和尚が亡くなると、勧誘されていた中学校の書道部を覗いてみたが、指導者の書に魅力を感じられなかった。桜子は千鶴和尚から伝えられたものを守りたいがために、書道部に入部しなかった。

正一郎はその気持ちを理解してくれた。

「桜子は本物を知ってしまったからなあ。いいさ、いいさ。これほど好きな書道だもの、いずれ、これはと思う書なり師なりに出会うだろうよ」

そして、出会った。

地元の短大に通っていた桜子は、ある日、八王子駅前で一枚のポスターの筆文字に釘付けになった。無性に懐かしかった。千鶴和尚の書に感じたものとそっくりなオーラがあった。それが白水会書道教室のポスターに描かれた横尾志津の書だった。

＊＊＊

志津との出会いが桜子の運命を変えた。

八王子で代々続く呉服屋の長女として、穏やかな両親と最大の理解者である祖父のもとでおっとりと育った桜子は、静かな湖から一気に大海に押し流されていった。

短大を卒業すると、志津に請われて日本橋横尾製紙株式会社に入社した。

志津の秘書として、書道団体の会合や白水会書道教室の視察、和紙の産地への出張、展示会、取引先の接待やパーティーはもちろん、財界人や文化人たちの集まる場や私的な会食などに随行《ずいこう》した。いつも目立たないように振舞っていたが、若いのに着物をよく着こなし、美しい所作の桜子はどんな場にもしっくり馴染んだ。

「お嬢様ですか」と聞く人もいるほど、志津にそっと寄り添う姿が自然だった。

「明日は和服でね」と言われると、志津の当日の衣装を確認し、志津を引き立てながらも調和するような色と柄の着物を選び、目利きの祖父にも見てもらう。

もちろん書道は続けている。志津の指導を受けて順調に伸び、和紙に関する知識も古参の社員が舌を巻くほどぐんぐん吸収していった。和紙の世界は奥が深く、知れば知るほど興味が湧いてくる。「好きこそ、ものの上手なれ」で、今の環境や仕事が楽しくて仕方がない。

志津はそんな桜子を大層気に入り、常にそばに置くようになった。

ある会食の帰り、桜子を最寄りの駅で降ろした後、志津は運転手の澤田にしみじみと言った。

「桜子さんは、本当にどこに出しても恥ずかしくない娘だわ」

「確かに最近では珍しいほど、よくできたお嬢さんですねえ」

「あなたもやっぱりそう思う？」

「ええ。運転手の私にまで気を使ってくれて、待ち時間が長くなりそうだとわかると、さりげなく飲み物や軽食を差し入れてくれます。そこまで気が回る若い人はなかなかいません。和服の立ち居振る舞いも見事なものです。ご両親の躾がよほどしっかりしていたのでしょうね」

「そうなのよ。今日の会食でも皆さんが感心していらしたわ。焼き魚が出たのだけど、食べ終えた後のお皿が見事なくらい綺麗なの」

「そりゃあいい。で、書道の腕前はどうですか」

「ずいぶんと腕を上げたわ。素直で熱心なの。まだ書道家として世に出るほどの腕前ではないけれど、その才能はあるわ。それ以上に驚いたのは書を見る目が確かなことなの」

志津は大から小まで多くの書道展に足を運ぶ。桜子は普段は控えめで言葉も少ないのだが、感想を求められるとズバリと核心をつく。それは志津が感じたこととほとんど一致した。

「単に大人しいだけじゃなくて、芯のある娘だわ」

「先生は、八王子で大変な拾い物をしたわけですね」

志津は深くうなずくと、自宅に着くまで何やらじっと考え込んでいた。

＊＊＊

ある日、志津は桜子を食事に連れ出した。そこには志津の長男の横尾大輔が待っていた。これまでも社内で顔を合わせることはあったが、正式に紹介されたのは初めてだった。

志津は澤田と話した夜から、桜子を自分の後継者にできないだろうかと考え始めていた。

――残念だけど、大輔は和紙や書道に対する関心は全くない。桜子さんを大輔の嫁に迎えて、横尾家の後継者に育てられないかしら。

志津は一計を案じ、ふたりが会う機会を増やしていった。

大輔は背が高くハンサムだ。しかも、何をするにもスマートで都会的だった。桜子は好感を抱いたが、恋ではなかった。恋愛に奥手の桜子はいまだに「身を焦がすような恋」をしたことがない。

恋心というならば、男性より書と和紙に向いていた。志津という優れた師匠に導かれて、その世界を探求することができた。幼い頃から書道は好きだったが、入社してからは和紙の奥深さも知り、ますます惹かれていった。少しでも時間ができると、店に展示されているさまざまな和紙を手にとって、手触りや質感、そして筆との相性、墨の滲《にじ》み方などを確かめた。

一方、大輔にとって桜子は新鮮だった。これまで付き合った女性にはいなかったタイプだったからだ。

大学で出会った女性たちはもっと華やかで都会的で、ハキハキと自己主張した。堂々と男女平等を叫び、男性にも議論を挑む。

大学二年の頃、大輔はそうした才媛と付き合ったことがある。仲間が皆、狙っていた美貌の女性だ。彼女を射とめたときは得意だった。しかし、長くは続かなかった。

当時、学内は学生運動に揺れていた。次第に学生運動にのめり込んでいった彼女は、事あるごとに議論をふっかけてきた。政治思想には全く興味も知識もなかった大輔は、「ブルジョアのノンポリ男！」と決めつけられ、見事に振られた。

「日本橋の老舗の御曹司を袖にするなんて、もったいないわよ」

女友だちに言われた彼女は、辛辣《しんらつ》な口調で言い返した。

「あの人ってパッケージだけは立派だけど、中身は空っぽ。砂糖菓子みたいに甘くて美味しそうだけど、歯ごたえも滋養もない男よ」

それ以来、大輔は賢く信念を持った女性が実は怖い。どんなに美女でも、プライドをズタズタにされる危険を冒してまで付き合う気はない。そんな危ない橋を渡らなくても、「日本橋の老舗の跡取り息子」というパッケージに目が眩《くら》んで近寄ってくる女性はいくらでもいた。

しかし、桜子はそのどちらでもなかった。大人しく清楚な感じで一緒にいると安心できた。だが、癪《しゃく》なことに大輔が最大の魅力を発揮してもう一歩距離を詰めようとしても、いつもさらりとかわされてしまう。どうやら男性として意識されていないようなのだ。狩猟本能が掻き立てられた。いつの間にか、桜子を振り向かせることに夢中になり、どうしても自分のものにしたくなった。

「彼女を妻にすれば、自分にとって都合がいい」という打算も働いた。

自分の弱点を突いてくるようなきつい性格ではないし、和風美人で、日本橋の老舗の嫁として、どこに連れて行っても恥ずかしくない妻になるだろうと思った。しかも、母の志津がいたく気に入っている。桜子を娶《めと》れば、嫁と姑の間に入って苦労するようなことはまずないだろうと考えた。

家柄や学歴は釣り合わないが、返ってその方が気はラクだ。社長令嬢などを嫁にしたら、きっと実家を鼻にかけて面倒なことになる。

案の定、志津は、大輔が桜子を気に入って結婚を望んでいると知ると大層喜び、応援してくれた。

半年後、大輔はプロポーズした。

後々、桜子はこの頃の自分を振り返ってみたが、なぜプロポーズを受けたのか、いまだによくわからない。あえて言うならば、素晴らしい道具立てに気を取られて、「恋をしたような気分」になってしまった、否、させられたように思う。大輔の真の性格や能力を見抜くには、まだ若く未熟だったとしか言いようがない。

＊＊＊

伝統と格式の高い横尾家に嫁ぐことについて、両親はかなり心配した。祖父も腕組みをして、いいとも悪いとも言わなかった。

桜子の言動から家族の不安を察してか、結納の前、志津はひとりで宇田川家を訪問した。両親に、桜子を嫁に迎え入れることを心から望んでいるし、喜んでいることを伝えた。そして、「ぜひ、お祖父様とお話をさせてください」と言い、正一郎とふたり、膝を交えて二時間近く話をした。その内容については、桜子はもちろん、両親も知らない。しかし、正一郎は志津とすっかり意気投合したようで、結婚を強く押すようになった。

「息子さんはともかく、志津さんがいい。あれほどの女性に惚れ込まれたのだ。桜子とてやり甲斐があるはずじゃよ」

「お祖父さんったら、結婚するのは大輔さんですよ」と母が言ったが、

「いや、桜子は横尾家を継ぐ者として選ばれたのだよ。桜子ならきっとやってのけるさ」

大輔は優しく、新婚生活は楽しかった。ただ、横尾家の人々の金銭感覚には戸惑った。桜子の実家もまあまあ裕福な方だが、使うお金の桁が違う。

「これで足りなかったら、いつでも言ってくれ」と月々五〇万円を渡された。

住まいは横尾家が日本橋に所有するビルの最上階にあったから、食費や雑費など、純粋に生活のためのお金らしい。同居する義父母が自宅で食事をするときの食材費も

含まれてはいたものの、義父母は基本的に自らの収入から外食や旅行、観劇、衣類、冠婚葬祭などの交際費などを支払っている。

義介も志津も外出はお抱え運転手の車かハイヤーで、電車や地下鉄、バスなどの公共交通機関を使ったことがない。海外や地方には飛行機や新幹線を使うが、自分で切符を手配したり、ホテルや旅館を予約することはない。公私ともに秘書任せである。

志津は衣装道楽だった。日本橋の老舗呉服屋の店主が、お供にたくさんの反物を持たせて年に二〜三回自宅を訪れる。「桜子さん、あなたも好きなものを選びなさいな」と言われたが、値段を見て尻込みした。

買い物も果物は千疋《せんびき》屋、お土産は虎屋、肉はどこ、魚はどこと決まっており、すべて一流の店だ。また、週に二〜三回は家政婦を頼んでいた。

志津をはじめ横尾家の人々はそれを贅沢とも感じていない。出ていくお金におおらかというか、無頓着なのだ。桜子は眩暈《めまい》がした。

日々の暮らしにはさほどの変化はなかった。

結婚後も志津の秘書として働く傍ら、店にも立った。

桜子の応対は際立っていた。和紙の知識もさることながら、客の望みや好みを聞き出して、ぴったりと合うものを探し出した。しかも、その商品の魅力を上手に伝えることができた。

客は満面の笑顔になり、納得して店を後にし、次も桜子を指名してきた。嫁入りして一年もしないうちに「和紙の横尾」の看板娘になっていた。一社員から次期社長夫人となっても、先輩社員に対する態度は以前と少しも変わらない。桜子自身の持って生まれた性格もあるが、志津の後ろ姿から社員や取引先への気配りを学び取っていた。誰に対しても公平で、素直で柔和な人柄は周りを和ませ、桜子を取り巻く雰囲気はいつも穏やかだった。

「どんな人が若奥さんになるかと心配したけれど、桜子さんでよかったよ」

「志津様も胸を撫で下ろしているでしょうねえ。お気に入りの娘さんだもの」

「優しいのにしっかり者だからね、これで会社も安泰ってもんだよ」

「和紙と桜なんて、いかにも日本を象徴するいい組み合わせだねえ」

古参の社員たちは口々に言い合ったものだ。

＊＊＊

結婚二年目には長男が誕生した。

大喜びをした義父は、自分の名前の義介から一字を取り、「進之介」と命名した。

大輔は「古臭い」と渋い顔をしたが、桜子は気に入った。

「横尾進之介。早速、毛筆で書いてみましたけど、形のおさまりがとてもいいですよ。それに日本橋の老舗の九代目にふさわしい、きりりとした響きじゃありませんか」

「そうかなあ。時代錯誤な感じがするが」

「でも、あなた、お義父様は最初『進左衛門もいいな』っておっしゃっていたのよ。進之介がダメとなれば、進左衛門になってしまいますわ」

「冗談じゃない、進之介で手を打つよ」

苦笑いしながら、つくづくと息子の寝顔を愛おしげに覗き込んでいた大輔だが、赤ん坊に対する興味は長くは続かなかった。

桜子が結婚して知ったことは、大輔が和紙にも経営にも興味がないということだった。この年、専務から副社長に昇格したが、興味があるのは「日本橋横尾製紙株式会社　取締役副社長　横尾大輔」という肩書きだけのようだった。

日本橋横尾製紙は創業二〇〇年を超える和紙を扱う老舗だが、和紙の需要は年々減り、本業の収益は右肩下がりだった。大輔は「時代が変わったんだから仕方ない」と、本業を立て直すための手は何一つ打たなかった。

本業に未練はなかった。収益の柱は、すでに「日本橋横尾製紙ビル」の賃貸業に移っていた。ビル賃貸業は日本橋という立地に恵まれて順調に収益を上げている。九階建ての中規模ビルだが、大通りに面している。重厚な趣もあり、いかにも老舗企業らしいビルだった。

父の横尾義介がこのビルを建てた頃、「横尾の和紙」は全国ブランドとして知られていた。ビルの一階の店舗には全国各地から客やバイヤーが押し寄せ、老舗デパートにもコーナーを持っていた。当時、社員は三十名を超えていたが、現在は内勤者五名である。

不動産賃貸業で楽に稼ぐ味を覚えた大輔は、本業の人員を減らし、ビルの賃料を上げて儲けを出した。社員も高齢化していたから、首を切らなくても定年退職で順次辞めていく。新たに人員を補充しなければいい。そんな大輔のやり方を見て、本業に対する誇りや意欲がある社員は失望し、辞めていった。

父の義介にすれば、「このボンクラ息子が！」と腹が煮えるような思いだったが、病気がちで陣頭指揮ができない。不満はあっても大輔に経営を任せるしかなかった。

こうした横尾家の内情や大輔の甲斐性の無さがわかったのは、結婚して二〜三年経ってからだった。その頃には、大輔も「いい夫、いいパパ」という役割に飽きて、商工会やロータリークラブ、夜の社交界を闊歩《かっぽ》するようになった。

「これも仕事の内だ」という夫の言葉を鵜呑みにしたわけではない。しかし、義母の秘書としての仕事や店の手伝い、書の修行に加えて、慣れない育児に追われ、夫の帰りが遅いことはむしろ救いだった。

そんなときに義介が急逝し、翌年には長女の彩《さやか》が誕生した。

大輔は代表取締役社長に就任した。都心の賃貸ビル市場は慢性的に供給不足で、賃料を上げても退去する企業はなかった。本業の人件費が減り、新規の投資もせず、賃料収入が増えるのだから収益は右肩上がりだった。大輔は経営手腕があると思い込んでしまった。

時々、桜子がびっくりするのは、「日本橋」に対する夫の強いこだわりとプライドだった。日本橋の老舗の後継者として生まれ、常盤橋小学校に通った大輔にとって、日本橋にビルを所有し、日本橋に暮らしていることがステータスだった。同じような境遇の同級生たちもまた、口にこそ出さなくても「日本橋こそ日本の中心であり、自分たちは特別な存在だ」という想いを共有していた。

大輔は子どものために九階の自分たちの居住スペースを広げたが、姉の加寿江《かずえ》から猛烈な抗議があったと聞いている。

曰く、「ビルを建てた両親がビルの最上階に住むのは構わないけれど、大輔たちが住むのは公私混同も甚だしい。その上、お父さんが亡くなったら自分たちのスペースを増やすなんて図々しいにも程がある。このビルは会社の資産です。言い換えれば、株主の資産であって、あなたたちのものではない。本来なら賃料の高い九階に大輔家族が住むのは、株主である私たちの利益を損なう行為です」

桜子はそのとき、義姉の抗議の意味がよくわからなかった。義父母との同居は足腰が弱ってきた義父の介護のためと思っていたし、秘書として志津に仕え、書の修行を積むためにも同居はいい方法だと思っていた。大輔からも「両親の面倒をみるために同居してほしい」と言われていた。

むろん、これは口だけで、大輔自身は父親の介護なども何一つしなかったのだが……。

加寿江は、桜子の前でも容赦なく大輔を罵《ののし》った。

「親の面倒をみるためなんて殊勝なことを言ってるけれど、あんたの魂胆なんか、とっくにお見通しよ。日本橋の一等地に会社の経費で住んだ上に、父さんや母さんをたらしこんで自分に都合のいい遺言を書かせるつもりだったんでしょ」

内情を知れば知るほど、加寿江の言うこともっともだと思う。しかし、大輔夫婦がビルに住んだことが一族の命運を左右することになるとは、そのときは予想すらしなかった。

こうした「小さな発見」を積み重ねるうちに、夫への疑惑や失望感は少しずつ膨らんでいった。しかし、声を荒げて夫を責めたことはない。桜子は、少なくとも子どもの前で両親が声を荒げて争う姿を見たことがなかったし、桜子自身も人と争うのは苦手だ。相手を言い負かしたとしても、気持ちは泡立ちささくれ立つし、長い目で見ても何らいいことはないと、直感的に悟っていた。

「人生に起こることはすべて必然なのだよ」

「人と競うより、自分自身と競いなさい」

「人の考えはさまざまじゃ。他人を変えることもできぬ。『和して同ぜず』が良い」

こうした千鶴和尚の言葉が心の何処かに染み付いている。

しかし、そんな桜子でさえ黙ってはいられない決断を、大輔が下した。

「ビルの一階の店舗を閉めて、和紙の販売から手を引く」という。理由は「採算が合わないし、店舗部分を貸した方が儲かる」ということだった。

志津と桜子はもちろん猛反対した。

志津はいつになく強い口調で大輔を諭した。

「和紙の需要が減っていることは私ももちろん承知しています。でもね、大輔、書道や和紙は後世に遺すべき日本文化ですよ。横尾家にはそれを後世に遺す義務がありま す。手漉き和紙の産地や職人を守るのも『和紙の横尾』の使命だと私は思います。代々そうした使命を果たしてきたからこそ、続いた老舗なのですよ。目先の数字に惑わされて大切なことを忘れてはいけません」

同席していた桜子には、志津の想いがよくわかる。

桜子はそのとき決意した。

……私は会社の経営に口を出す資格も知恵もないけれど、大輔さんがなんと言おうと白水会は守り抜こう。お義母様の志を引き継いで白水会の活動を広げていこう。そのためには優秀な指導者を一人でも多く育て上げ、優れた書道家も輩出しなければならない。お義母様が書道家として白水会の看板となったからこそ、白水会の格も知名度も上がり、優秀な生徒を集められたのだ。自分自身もさらに精進して高みを目指さなければならない。

大輔は白水会の活動には全く無関心だった。

「書道教室など金を持ち出すだけだが、まあ、母さんの道楽でもあるし、好きにやらせておけ」というのが本音だ。

＊＊＊

十九年の歳月が流れた。

長男の進之介は大学四年、長女の彩《さやか》は大学二年になった。

ふたりはほとんど家にいない父親より、志津や桜子に影響を受けて書道や和紙に興味を持っていた。進之介は大学を卒業すると、父親に反旗を翻《ひるがえ》し、志津と桜子を味方にして行動を起こした。大輔が見捨てた和紙の販売事業を別会社で立ち上げたいと申し出たのだ。

「和紙や書道は世界に誇れる日本の文化だよ。事業としても有望だと僕は思う」と言い、和紙とそれを使ったさまざまな商品を国内外にネット販売をする事業プランを考えていた。

志津は八十歳を迎えていた。気丈な性格は変わりないが、足腰が弱り、出歩く機会は減った。代理として桜子が出席する会合が増え、家政婦や看護師を頼むことが多くなった。

その費用が嵩《かさ》むと、大輔は自分の夜遊びは棚に上げて「こんなに金がかかるなら、いっそのこと母さんには老人ホームに入ってもらおう」と言い出した。

必死に止める桜子を振り切って、志津に老人ホームの話を持ちかけた。

姉弟には「両親の介護のため」と言って同居したくせに、母親に老人ホームを勧めることの矛盾に気づいていない。

志津は悲しそうに大輔から目を逸らすと、目に涙を浮かべて桜子に助けを求めた。

「介護にお金がかかるなら、私のお金を全部使ってちょうだい。桜子、あなたには苦労をかけるけれど頼みます。あなたが頼りよ」

「もちろんです、お義母様。安心してください」

志津は唯一無二の師匠であり、今も良き相談相手である。ふたりの関係は嫁姑である前に師弟であり、時には同志だった。回数は減ったものの、時々は桜子に付き添われて車椅子で教室を回っている。

志津は今もなお白水会の象徴であり、弟子や生徒たちから崇められている。

「白水会の教室がこんなに増えたのはあなたのおかげよ。どんな感謝をしてもしきれないわ」

もう一つの志津の喜びは、孫の進之介の事業が順調にスタートを切ったことだ。和紙や和紙を使った商品がインターネットで売れ始め、世界から注文が来るようになった。

「この間、進之介がホームページを見せてくれたのよ。凄いわねえ。実際のお店がなくてもお店が開けるなんて。しかも、世界中の人が見ることができるなんて、まるで夢のようですよ。海外からも注文が入っているんだってね。中国からもたくさん注文が来ているって進之介が話してくれたのよ。白水会の書道教室の活動も大きな援護射撃になっているらしいわね。大輔と違って、進之介は立派な横尾の跡取りになりますよ。桜子さん、いい子に育ててくれたわね」

その進之介が電撃結婚をした。

妻に迎えた雪乃は白水会の生徒だ。妹の彩の親友で家にも遊びに来ていた。志津や桜子も雪乃のことはよく知っており、結婚には大賛成だった。

翌年には長男が生まれた。一番喜んだのは志津だ。ひ孫の翔太の顔を見ると顔がとろけてしまう。

「僕には『おばあちゃんなんて呼ばないでちょうだい』って言って、『志津さん』と呼ばせたくせに、翔太には『翔太、おばあちゃんだよ』だなんて、とろけるみたいな顔で言うんだからなあ。大体、志津さんがおばあちゃんなら、母さんのことはなんて呼ばせるのさ」

進之介にそんなふうにからかわれても、どうしようもなく可愛いのだから仕方がない。「これが歳をとることなのかもしれない」と、志津は思った。

進之介の妻の雪乃は出産後三カ月で仕事に復帰した。大学卒業後、外資系企業に勤めていた経験を生かし、進之介の事業のパートナーとして会社を支えている。

桜子は志津にしみじみと言った。

「横尾家の女性たちは、皆、書や和紙で繋がっているのですねえ、お義母さん」

「その通りね。これで大丈夫。いつ死んでもいいくらいだわ」

「まだまだ先のことですよ。でも、この繋がりが最大の財産かもしれませんね」

長男の進之介がいる。その妻の雪乃がいる。長女の彩も書道師範となって自分の教室を持っている。この他にも、白水会には志津と桜子が育てた師範や書道家がいて、全国で活躍している。横尾家の女性たちの絆や白水会のネットワークが続く限り、志津の夢はこれからも受け継がれるだろう。

そのネットワークにひとりだけ無縁なのが、大輔だった。

＊＊＊

日本橋横尾製紙株式会社はバブル崩壊で打撃を受けたが、ビル事業が支えになってなんとか乗り越えてきた。

しかし、さすがに最新鋭のビルと比べると古さが目立つ。ビルの仲介会社から「ビル名を変更されてはどうでしょう」という助言があった。担当者は「オーナーが最上階に住んでいることも、前近代的なビルの象徴です」と指摘したかったが、さすがにそこまでは言えなかった。

大輔は助言を無視した。自分の所有物であることが一目でわかることが何よりも大事であり、ことあるごとに周囲にも吹聴していたからだ。

しかし、そんなことを言っていられない事態が起こった。

二〇〇三年の春から秋にかけて相次いでテナントが退去し、三フロアが空いてしまったのだ。退去するテナントに莫大な敷金保証金を返還しなければならないし、賃料収入は満室時の六割になってしまう。数年前に実施した耐震補強工事の借入金の返済もある。

「この上、またテナントに退去されたら大変なことになる。しかし、賃料を下げて募集すれば、今いるテナントから賃料の減額を要求されるかもしれない」

こうなると悪いことばかりが頭に浮かんでくる。

「このままでは経営が破綻するかもしれない」

初めて直面した経営危機に、大輔は慌てふためいた。

パニックになった大輔は桜子に助けを求めた。今までも困ったときや苦しいことがあると母や妻にこっそり打ち明けてきた。男として、父親としてのプライドがあるから、息子の進之介には一切相談しない。

「いや、困った。このままで危ない。なんとか打つ手はないものか、いい知恵はないか。お前だって他人事ではないのだから、知恵を出せよ」

桜子にとってはいつものことだ。いざとなると何一つ自分では決められない。外面は大物を装っていても、内面はひ弱で逆境に弱い。問題が起こるたびに、桜子が専門家や不動産仲介会社に相談に行き、さりげなく解決策を伝えてきた。その策がうまくいけば、大輔はすべて自分の手柄にする。

今回も、本音は桜子に決めてほしいのだ。

桜子は、以前、進之介がビルの名称を「日本橋ＹＳビル」に変更してはどうかと言っていたことを思い出した。桜子も同感だった。今時、他社の社名のついたビルに喜んで入る企業はいない。しかし、それがどんなに正論であろうと、いや、正論であるがゆえに、大輔が息子の提案をあっさりと受け入れるはずがない。

桜子は一計を案じ、彩の結婚式の話を切り出した。

「彩の結婚式も近づいているのに大変なことになってしまって」

「だから、こうして話しているんじゃないか。もしも会社が潰れたりしたら、私の立場はどうなるんだ」

(あなたの立場なんてどうでもいいの、困るのは彩です)

「なんとしてもテナントをつけませんとね」

「何か案があるなら、もったいぶらずにさっさと言えよ」

「この間、彩が言っていたんですけどね、ビルの名前を変えてほしいって」

「なぜだ、彩を呼びなさい。直接、理由を聞きたい」

彩と桜子はこの件について打ち合わせ済みだ。

「なあに、お父様?」

彩はあどけない笑顔を父に向けた。

「ビルの名前を変えてほしいのか?」

「ええ、ダンディなお父様みたいに、ビルの名前も近代的でスマートな方がいいわ。あちらのご親戚にも大きい顔ができると思うのよ。私、名前ってとっても大事だと思うの。たとえばね、お父様が付けてくれた彩《さやか》という名前、私、とっても好き。もし、ウメとかだったら死にたくなっちゃうもの。それにね、地方から出てきた友だちがこんなことを言っていたのよ。アパートを選ぶとき、大家さんの名前のついた山田ハイツとか、メゾン木下なんて、どんなに中身が良くても選ばないわ、って。古臭いし、ダサいっていうの」

大輔は昔から彩には滅法弱い。それに、彩の言葉にも一理あると気づいた。

「それなら、彩はどんな名前がいいと思う？」

「『日本橋ＹＳビル』なんてどう？　日本橋という名前も残るし、横尾製紙の頭文字のＹＳだし、印象もスマートだもの」

「ふーん、『日本橋ＹＳビル』か」

進之介が以前、提案した名前であることを、大輔は忘れていた。

何度か繰り返し口に出してみると、なかなか響きもいい。

「結婚式の贈り物として、お前が提案した名前に変えるかな」

「うわー、最高の贈り物よ！　お父様ありがとう」

彩は大輔に抱きつきながら、桜子にウインクした。

（彩ったら、女優になれるわ）

桜子は思わず吹き出しそうになり、慌てて横を向いて堪えた。

実は、大輔もまたこの成り行きにほっとしていた。以前、ビルの仲介会社から名称変更を提案されて一蹴していたこともあり、今さら、こちらから言い出しにくかった。名称変更が危機打開に有効な手であることを、大輔も自覚し始めていたところだったのだ。一応、「結婚する娘のために」というのは大義名分になる。

桜子はニコニコして付け加えた。

「彩、よかったわねえ。何よりの結婚のプレゼントね。それに、ビルの名称変更なら大してお金もかからないわ」

桜子の言葉が決め手だった。大輔は、自分のために使う金以外はケチである。

大輔は翌日、不動産仲介会社に出向き、ビルの名称変更を伝えた。大輔が自らやってきたことに先方はびっくりしたが、「日本橋YSビル」への変更には大賛成だった。賢明な担当者は、以前にも何度か同じ助言したことには一切触れず、大輔の決断を英断だと持ち上げ、ビルのプレートだけでなく、エントランスのリニューアルを提案した。

「エントランスはビルの顔です。ビルの名称変更に合わせて一新すればビルのイメージはぐっと上がり、賃料条件にも反映できます。投資したお金はすぐに回収できますよ。いいデザイナーと内装業者を紹介します」

担当者が言った通り、それは大きな成果を上げた。

テナント募集に成功しただけでなく、以前より格の高いテナントが高い賃料で入居した。既存テナントも喜んだ。いかに重厚とはいえ、「日本橋横尾製紙株式会社様方」的なビルより、「日本橋ＹＳビル」のテナントの方が企業イメージもいい。事実、出るか出ないか悩んでいたテナントも思い留まった。

大輔は青くなって妻に相談したことなどすっかり忘れたように、意気揚々として「日本橋ＹＳビル」のオーナーに戻った。

顛末を聞いた進之介は大笑いした。

「お母さん、うまくいったね。彩も役者だな。それにしても親父って本当に単細胞だなあ」

「でもね、あなたが思うほど悪い人ではないのよ」

「ただ、経営者としての能力がないだけって言いたいのかい。でも、母さん、経営能力がないことは、社員にも取引先にも迷惑をかけることなんだよ。今回も母さんがフォローしなかったら、どんなことになっていたか……」

実は、桜子には時期が来たらもう一つやりたいことがある。ビルから引っ越して最上階をオフィスとして貸したい。最上階は一階に次いで高い賃料が取れる場所だ。

桜子も商売人の娘である。高く売れるものを自分たちで使うなど商売の道に外れているし、何よりオーナーが住んでいるビルなど前近代的だ、と思う。

しかし、今回、言い出さなかったのは志津のためだった。その話をすれば、賢明な志津は老人ホームに入ると言い出すに決まっている。八十歳を超えた志津を悲しませたくはなかったし、最後まで一緒に暮らしたかった。志津は大輔以上に大事な人だ。

そんなことを考えていたとき、進之介が直球を投げ込んできた。

「前から聞いてみたかったんだけどさ、どうして母さんは親父と結婚したの。親父のああいうところ、昔からだろ？　志津さんや母さんのことは尊敬しているけれど、親父のことは男としても人間としても尊敬できない。母さんが親父みたいな男を選んだことが不思議で仕方がないんだ」

桜子は苦笑した。

「どうしてかしらねえ。私も若かったから、立派な道具立てに目が眩んじゃったのかもしれないわ。それにね、書道が好きだったし、尊敬するお義母様のお側にいたかった。お父さんと結婚すれば、好きなものに囲まれていられる、好きなことができる。本当にそうなったのだから、ある意味では今でもお父さんに感謝しているし、後悔はしてないわ。それに何より、あなたたちを授かったんですもの」

＊＊＊

経営危機を脱すると、大輔は皆が思ってもいなかった方向に暴走し始めた。社名もついでに「日本橋ＹＳビル株式会社」に変更すると言い出したのだ。

大輔以外は全員反対だった。

「親父、いったい何を考えているんだ！」

進之介はほとほと呆れた。

日本橋横尾製紙株式会社という社名には、創業二〇〇年の老舗の伝統と歴史が込められている。白水会書道教室も進之介の和紙販売事業も、この伝統の後ろ盾があればこそ重みを増すのだ。和紙業界においても和紙の産地でも、歴史的に日本橋横尾製紙株式会社が果たしてきた役割は大きい。先代たちが全国各地の産地と強い絆を作り、和紙の振興に力を尽くしてきたからこそ、進之介の和紙販売会社を信頼して便宜を図ってくれる。長い長い時間を経て築かれてきた信頼関係こそ、新興のベンチャー企業とは一線を画すものだ。

ビル名は「日本橋ＹＳビル」であっても、会社は「創業二〇〇年の日本橋横尾製紙株式会社」でなければならない。この使い分けが大事なのだ。進之介と桜子のしたたかな使い分けを、大輔は全く理解していなかった。

「『日本橋横尾製紙株式会社』なんて古臭い。第一、会社の実体は不動産賃貸業なのだから、『日本橋ＹＳビル株式会社』でいいじゃないか」

今まで何かにつけて、創業二〇〇年の日本橋の老舗であることを看板にしていた本人が、いともあっさりとその大看板を外そうとしている。

どうやら夜の社交界でチヤホヤされ、ビルの起死回生の自慢話を吹聴しているうちに「あら、会社の名前もその方がスマートだわ」などと言われてその気になったようだ。

「日本橋横尾製紙株式会社の伝統と歴史はオンリーワンの価値がある。なんとしても守らなくては」。志津と桜子、進之介、彩はもちろん、義姉の加寿江も同じ考えだった。

＊＊＊

「極論すれば、親父は形だけの経営者でいてくれるのが一番いい」

進之介はそう思っている。立ち上げた和紙の販売会社が本格的に軌道に乗るまでの間、親会社の伝統と後ろ盾が絶対に必要だ。

将来に向けてＷｅｂ事業は動き出している。妻の雪乃はすでに和紙を用いながら、海外展開を視野に入れた斬新なデザインのハガキや封筒、便箋、小物の開発に着手している。まず、ヨーロッパ、特にパリの市場に売り込むため、義母の桜子と一緒に現地で書道のデモンストレーションのイベントも開きたい。

志津や桜子の「和紙と書道の文化を後世の人々に伝え広めていく」という使命を、雪乃もまた受け継いでいきたいと思っていた。

ビル事業が経済的支柱ならば、進之介と雪乃たちの新事業は横尾の未来だ。しかし、新事業が十分な収益を上げるにはもう少し時間がかかる。進之介は「三年後には事業を必ず軌道に乗せる」と言い、「母さん、その間、なんとか親父の暴走を食い止めてくれ」と頼んだ。

志津が最後の頼りだった。桜子から話を聞いた志津はきっぱりと言った。

「わかっていますよ。ビルの賃貸会社はどこにでもあるけれど、私たちにしかないものは『和紙の横尾』の伝統です。進之介の新事業こそ、私たちの未来であり希望です。白水会と連携してこの芽を伸ばしていかなくては……。私に任せなさい。いい人がいますから」

志津は税理士の西園寺公介を自宅に招いて、桜子に引き合わせた。西園寺は義介の相続問題を円満に解決してくれた税理士である。会社の実体も一族の関係もよくわかっていた。もちろん、大輔の性格も重々承知だ。

西園寺は言った。

「お母様から大輔さんに直接お話をされるのがいいでしょう。会社の名前を残すよう、先代から言われていた、ときっぱり言ってください。『二〇〇年続いた会社です。日本橋横尾製紙株式会社は残します』と言い切ることです」

　さらに、それを確実に実行させる方法も提案してくれた。

「加寿江さんと次郎さんも同席の上で、お母様の遺言書を作成しましょう。遺言書に会社の名前を残すことを記します。そして、会社の株のお母様の持ち分の三〇％を、大輔さんに一〇％、桜子さんと進之介さんにもそれぞれ一〇％を相続させることにします。これによって大輔さんは従来の持ち分の三〇％と合わせて四〇％になりますが、単独では五〇％を超えません。ここが大事なポイントです。大輔さんは、ご一家では六〇％を超えているから大丈夫だと考えて賛成するでしょう」

　志津が疑問を口にした。

「でも、先生、大輔は会社の代表者です。自分の判断で社名を変更できるのでは？」

「商号変更は定款変更です。株主総会の決議が必要になります。そのときは多数決です。大輔さん一人では四〇％です。五〇％以下では単独決議はできません。いざとなれば代表者交代も可能です」

「まあ、そうなの。大輔以外は社名変更に全員反対ですから、確実に阻止できるわね」

「ええ、最初にお母様の考えを同席した皆様に伝え、遺言で書き記しておけば完璧かと思います。私と弁護士の城所《きどころ》さんが遺言書の立会人になります。何かあれば専門家が出ていきます」

大輔は権威に弱く、見栄っ張りだ。満座の席で、税理士の西園寺や弁護士の城所と争ってまで会社の名称変更に執着することはないだろうと桜子は思った。

早速、遺言書を作成するための親族会議が開かれた。

会議は、西園寺の巧みな進行で予想通りに進んだ。志津と桜子を中心にした大輔の包囲網ができあがり、商号変更の芽は絶たれた。

遺言書により、日本橋横尾製紙株式会社の株式の配分が次のように定められた。

長男　横尾大輔　四〇％
妻　横尾桜子　一〇％
孫　横尾進之介　一〇％
姉（長女）　小泉加寿江　二〇％
弟（次男）　横尾次郎　二〇％

西園寺の読み通り、大輔は自分の家族で会社の株式の六〇％を支配できたことに安堵の表情を浮かべた。加寿江と次郎にはこの他に金銭と他の資産（アパート、マンションの二部屋）を相続させることも決まった。

このままスムーズに終わるかと思ったとき、大輔から思いがけない発言があった。

「考えてみたんだが、日本橋横尾製紙株式会社という名前は、進之介の子会社が商号変更して使ったらいいじゃないか。そして、ビル部門は日本橋ＹＳビル株式会社に変更するというのはどうだ」

すかさず西園寺が反論した。

「確かに日本橋横尾製紙株式会社の名前は残ります。しかし、進之介さんの子会社には二〇〇年の伝統がありません。名前と伝統が一致しません。名前と伝統の重みは大事です。日本橋横尾製紙株式会社はビル部門と和紙部門の二部門で成り立っています。お母様のご意見に従いましょう」

専門家からきっぱり言われると、大輔はあっさりと引き下がった。思いつきの発言であることを皆の前で暴露したようなものだ。

この親族会議では、志津の退職金を二億五〇〇〇万円とし、株式に課される相続税支払い原資として大輔の家族が相続する方針も決まった。日本橋横尾製紙の株式相続税評価額は高く、相続税は一億円を超えると予想されていたが、これで自分たちの生活が脅かされることなく、相続を乗り越えられる。一同から安堵のため息が漏れた。

姉の加寿江、弟の次郎も会社の経営には口を挟むつもりはない。役員報酬とまとまった預金、マンション、そしてアパートが相続できれば「それでよし」だった。

志津は西園寺のアドバイスを受けて、遺言とは別に嫁の桜子と孫の進之介に、ふたりを受取人にした五〇〇〇万円の生命保険を契約していた。

「生命保険金は相続財産ですが、お母様の生前の意思であり、相続人の遺産分割協議はいりません。相続税の申告書には記載されますが、他の相続人も多額の財産を相続していますから、文句は出ないでしょう」

＊＊＊

遺言書を作成して安心したのか、志津は三年後、八十九歳で永眠した。亡くなる前日まで意識ははっきりしていた。

晩年は馴染んだ自宅で桜子の手厚い介護を受け、穏やかな日々を送っていた。最後の一カ月間は聖路加国際病院に入院したが、桜子は毎日通った。潔癖な志津は常に身綺麗にしていないと気が済まず、桜子の手を必要とした。

ひ孫たちの顔を見たがるので、進之介と雪乃も翔太と勇太を連れて二日に一度は必ず顔を出した。

「この子たちは我が家の宝ですよ。雪乃さん、大事に育ててくださいね。長生きしてよかったわ。ありがとう、ありがとう」

三歳になった翔太の頭を撫で、一歳になったばかりの勇太の暖かい身体を抱きしめると元気を取り戻すようだった。

大輔も時々来るが、おざなりに声をかけるとさっさと帰ってしまう。

「今日は忙しいから、これで」が大輔の口癖だ。

「見舞いに来た、という証拠づくりみたいだわね」と、志津は苦笑した。

ちょうど病室に居合わせた姉の加寿江がじろりと睨んだ。

「大輔、何に忙しいのよ!」

加寿江の直球に大輔が返答に詰まると、

「お母さんや桜子さんの前だけど、今日は言うわよ。どうせ遊びでしょ。あなたは小さい頃からいつもそう。わがままで、軽薄で、どうしようもない男ね」

大輔は、実は母の預金残高が気にかかっていた。預金が多ければ相続税が高くなる。今のうちに母のお金を自分が使い、生前に減らしておけば節税になると考えていた。

加寿江は勘が鋭い。大輔が母の預金を引き出して遊びに使っているのではないかと疑っていた。この預金は、志津が「加寿江と次郎に相続させる」と遺言したものだ。大輔の遊び金になどさせるものか。加寿江は志津から通帳のしまってある場所を聞き出した。毎月一〇〇万円前後が払い出されていた。加寿江は証拠の通帳を持ってきていた。

加寿江は通帳を突きつけて「桜子さん、知っていたの？」と問い詰めたが、もちろん桜子は知らない。大輔が目を逸らした。

「やっぱり引き出したのはあんたたね？　母さんの入院中に母さんのお金を盗み出して夜な夜な遊んでいるなんて、この親不幸者！」

加寿江は怒ると火の玉のようになる。

大輔は昔から気の強い姉が苦手だった。首をすくめ、ひとこともない。以来、母の口座から金を引き出すことは控えたが、夜遊びは止まらなかった。

　加寿江は桜子に釘を刺した。

「大輔に大金を渡してはダメよ。もう十分わかっていると思うけど、あればあるだけ使ってしまうんだから。大金を渡したらあっという間に失くすわよ。桜子さん、しっかりしてちょうだい！」

　そして口調を和らげ、こうも言った。

「私ね、いつもあなたにキツイことばかり言ってきたけれど、横尾家はあなたと進之介に守ってもらいたいと思っているのよ」

　意外なひとことだった。

　加寿江は当初、桜子を敵視していた。

　横尾家の財産に目が眩み、大輔と結婚したに違いないと決めつけていた。志津が、実の娘の自分より可愛がり、どこにでも連れて歩いたことも気に入らなかった。誰からも好かれる桜子を見て「大人しいふりをしているけれど、計算高くて要領のいい女なのだろう。いずれ化けの皮が剥がれるに違いないわ」と思っていた。

　しかし、桜子は何年経っても変わらなかった。

争い事は嫌いだが、決して八方美人ではない。承服できないときは、穏やかな口調で自分の考えをきちんと話す。加寿江は次第に桜子を信用するようになっていった。桜子も最初は辛辣な義姉が苦手だった。しかし、言うことに筋が通っている。だんだん頼りにするようになった。

「横尾家はあなたと進之介に守ってもらいたい」という言葉に、桜子は思わず、「主人を叱れるのはお義姉様しかいません。頼りにしています」と頭を下げた。

大輔の暴走を阻止するための女性同盟が結ばれた瞬間だった。

「両極端は一致する」と言うが、ふたりの間には同志に近い感情が生まれた。激しい性格の加寿江にとって桜子は一種の鎮静剤のような存在で、一緒にいると心が休まる。

志津がなぜ大輔の嫁に桜子を選んだのか、今となれば納得がいく。

＊＊＊

志津の葬儀には全国から多くの人たちがお別れに訪れた。

白水会の師範や弟子たちや日本橋の旦那衆はもとより、和紙の産地からも生産者や職人が焼香に来てくれた。かつての社員も集まった。政財界の大物や文化人も姿を見せ、志津が生前に築いてきた人脈の広さを印象づけた。

　葬儀が終わると、志津の遺言書通り、専門家の手で相続手続きが淡々と進められた。会社から志津の退職金二億五〇〇〇万円が代表の大輔に支払われた。相続税は五〇〇〇万円で済んだため、大輔は当然のように残りの二億円を自分の懐に入れた。

　加寿江や次郎は不満だったが、預金とマンション、アパートを相続したこともあり、そのときは強く責めなかった。大輔は図に乗り、志津に支払われていた月額報酬一〇〇万円も独り占めしようとした。

　税理士の西園寺はそれを知ると、株主構成に応じて配分するよう強く進言した。他の株主は全員、西園寺の意見に同意した。結果的に大輔の月額報酬を四〇万円増額し、加寿江、次郎、桜子、進之介はそれぞれ一五万円増額することで決着がついた。

　大輔の暴走は食い止められた。遺言で、大輔の株式が五〇％を超えないようにしておいたことが早速、功を奏したわけである。

　桜子と進之介には、志津の生命保険金五〇〇〇万円が支払われた。

「進之介はともかく、嫁の私がこんなお金をいただいていいのでしょうか」

戸惑う桜子に、西園寺は志津から預かっていた手紙を渡した。

封筒の表書きの「桜子さま」という志津の筆文字が無性に懐かしく、思わず頬を寄せた。押し抱いて封を切る。流麗な文字が少し震えていた。

「桜子さん、貴女には言い尽くせないほど感謝しています。

貴女のことだからお金を託されることに戸惑っていると思うので、この手紙を西園寺先生に託しました。このお金は、私の心からのお礼の気持ちであり、これから先、貴女がやりたいことをしていくための軍資金です。

私は大輔の育て方を間違ってしまいました。でも、貴女を嫁に迎えて横尾家を受け継ぐ人を得ました。どうか、これからも横尾家を守り続けてくださいね。

白水会の書道教室も貴女のもとでますます広がっていくことと思います。

気づいているかどうかわかりませんが、貴女には人の心を和ませ、惹き寄せる力がある。それが最大の魅力であり、武器ですよ。貴女が貴女らしく生きていく限り、どんな困難も乗り越えていくことができます。

私は、貴女のお祖父様と初めてお話しした時から、横尾家を託すのは貴女しかいないと確信していました。貴女は期待していた以上にやってくれた。本当にありがとう。最後に、大輔のこと、許してくださいね。これからも迷惑をかけると思うけれど、堪忍してあげてね。母として心から心からお願いします。志津より」

進之介に宛てた走り書きのようなメモもあった。

「進之介、あなたは横尾家の希望です。事業を任せます。あなたならきっとできる。雪乃さんと力を合わせて挑戦してください。わずかな金額ですが、事業の足しにしてね。それから雪乃さんに伝えてちょうだい。可愛い翔太と勇太を産んでくれてありがとう、と。

私の人生はあなたがたに会えて本当に幸せでした」

桜子は喪が明けるのを待たず、生命保険金の五〇〇〇万円を原資に、長く温めていたあるプランを実現するために動き出した。

それが志津の信頼と期待に報いる道だと思った。志津の介護に時間を取られている間、白水会の活動を支えてくれたのは各地区の師範や弟子たちだった。皆、責任を与えられたことで成長していた。この経験をもとに、桜子は白水会の拡大策を考えていた。

それは意欲ある師範の独立を支援する仕組みである。感触を確かめるため、これはと思う師範数名を集めた。白水会のために尽くしてくれた感謝を伝え、

「皆さん、独立して教室を開いてみたいという気持ちはありますか」と切り出した。

皆、思いがけない展開に驚いたが、ひとりがおずおずと答えた。

「やってみたいですが、開業資金が……」

「開業資金があれば、独立する気持ちはあるのね？」

この席で本音を言っていいのか、戸惑っている。

「心配することはありません。皆さんのような優秀な方々が独立することは、むしろ白水会の発展に繋がると私は思っています。実は今、お教室が軌道に乗るまでの間、本部が開業資金を肩代わりする仕組みを作ろうと思っているの。そうすれば、皆さんは教室の運営に専念できるようになります」

魅力的な話だが、不安もあった。ひとりが言いにくそうに口を開いた。

「開業資金はどのくらい出していただけるのでしょうか。そして、返済はいつから、

どのくらいの額になるのでしょう。それと、とてもうかがいにくいのですが、もし返済できなくなったときはどうなりますか」

失敗したときのリスクを考えて踏み出せないのだ。

桜子は不安な気持ちがよくわかった。意欲はあっても、経営の経験も知識もない。この壁を乗り越えてもらうために、志津が遺してくれたお金を使って勝負に出ようと思った。彼女たちの中から成功例が出れば、もっと多くの師範が後に続くだろうし、励みにもなる。それが白水会を拡大する力となり、ひいては書道の普及に繋がる。

桜子はきっぱりと言い切った。

「万が一、開業資金の返済ができなくなったときも、皆さんに個人保証は求めません」

「それならば、ぜひ、やってみたいです。ありがとうございます」

半年後、師範の独立開業を支援する仕組みができた。

独立を希望し、本部の審査に通った師範には開業資金として約二〇〇万円を提供する。物件探しや経営についてもコンサルタントをつける。運営が軌道に乗った段階で、それぞれの事情に配慮しながら分割で回収し、教室の権利を譲るという仕組みだ。

ただし、白水会という名称を冠してもらい、「白水会〇〇書道教室」として運営する。皆、白水会のブランド力を知っているから異存はなかった。

この仕組みがスタートして五年間で、全国の白水会の書道教室は倍増した。独立を目指すほどの人は書に対しても指導にも真剣だから、生徒の満足度も高い。独立すれば、頑張った分、収入も増える。ますます熱心に指導するようになり、白水会の知名度や評判も上がった。

提供した開業資金は平均四〜五年で回収できた。資金回収ができなくなった比率は五％以下だった。桜子は失敗した者も排除しなかった。面談の上、師範として雇う道を開き、失敗から学んだものには再挑戦する機会を与えた。

一見、フランチャイズビジネスに似ているが、桜子は信頼で結ばれた相互扶助ネットワークと捉えている。そもそも書道の普及が目的であって、本部が儲けるための仕組みではない。

白水会が拡大するにつれ、桜子は忙しくなった。白水会本部といっても、事実上は桜子と秘書で対応しており、忙しいときは弟子たちにボランティアで手伝ってもらっている。白水会の連絡先には日本橋横尾製紙株式会社の名前を記しているが、形ばかりで、桜子は孤軍奮闘していた。

＊＊＊

ある日、進之介から連絡があった。

進之介が日本橋横尾製紙の子会社として、和紙の販売を手がける「ＹＯＫＯＯインターナショナル」を立ち上げて十年になる。

「母さん、白水会の事務局として僕の会社を使ってくれよ。これだけ大きな全国組織を運営していくのは個人では限界がある。この際、僕らの事業と白水会を両輪として回していったらどうかと思っているんだ。母さんが賛成すれば、雪乃に白水会の窓口を仕切らせるし、数名の専属スタッフを置くようにするから」

桜子にとってはありがたい申し出だった。寝る暇もないほど忙しくなっており、個人的にスタッフを雇おうかと考えていた矢先だった。

「ウチの会社から同報メールで一度に大量の情報を発信できるし、専属のＷｅｂデザイナーもいるから、母さんのイメージを具現化することもできる。この際、全国の書道教室の生徒さんたちに、母さんの作品やメッセージをもっと発信していくべきだと思う。和紙の知識も広げたいし、Ｗｅｂで展覧会も開ける。白水会と僕の会社がコラボレーションすれば、可能性は無限に広がる。真剣に考えてほしい。一度、僕のオフィスに来てくれよ」

　進之介の会社を訪ねた桜子は、最初から度肝を抜かれた。

　受付に立つと、着物姿の女性の三次元立体映像《ホログラム》が立ち上がって要件を聞き、進之介に取り次いでくれた。オフィスに入ると、カジュアルな格好の若者が巨大な丸テーブルや壁際のカウンター席で、思い思いにパソコンに向かっていた。中央には大型スクリーンがある。着物姿の桜子には場違いな感じがした。

　大型スクリーンに向かっていた進之介が立ち上がり、笑顔で桜子を迎えた。

「ようこそ！　びっくりしたでしょう」

「まるで浦島花子の気分だわ」

「今のオフィスはこんなスタイルが普通だよ。そのうち会社に出社することもなくなるかもしれない」

　中央の大型スクリーンが切り替わると、

「お義母様、雪乃です。お会いできて嬉しいわ」と呼びかけられた。

「まあ、雪乃さん、今、どこなの？」

「パリの支店です。やっと念願の支店を出せました」

生き生きとした笑顔だ。

何もかも想像を絶していて目が回りそうだ。

オフィスを改めて見渡すと進之介に聞いた。

「ここには和紙の展示はないの？　まるでＩＴ企業みたいだわ」

「見本はすべてここに置いてあるよ。在庫は別な場所に保管している」

「お客様はここにいらっしゃるの？」

「普段は国内外の顧客とネットやオンラインでやりとりしている。でも、海外の企業やバイヤーが商談に来ることはよくあるよ。海外のバイヤーは実物を確認したいというニーズが強いからね。外国人のお客様には、受付の着物姿のホログラムがすごく受けていて、おかげで商談も和やかになるんだ。工場や産地にも案内する。現場で現物に触れ、職人と直接話すことで、皆、納得してくれる。ネット時代とは言っても、やっぱり伝統に裏打ちされたリアルな体験が信頼の鍵になっているんだよ」

進之介はなおも言った。

「母さんのリアルな活動とコラボレーションできれば、もっとインパクトが強くなるし、どちらにとってもプラスが多いと思う。僕らの究極の目標は、日本文化を世界に発信すること。その第一歩として和紙に徹底的にこだわりたい。そのためにもっと産地にも足を運びたいし、勉強もしたい。母さんからも教わりたい。海外のデザイナーともコラボレーションして、それぞれの特性を生かしながら、これまで誰も作らなかった唯一無二の商品を開発したい。そして、どこよりも魅力的に、僕らの活動と商品を世界に発信する仕組みを作っていきたい」

饒舌に語る進之介には力がみなぎっていた。

「いいわね。やりましょう。それで、私はまず何をしたらいいの」

「書道教室の先生や生徒さんに、僕らが開発した和紙や封筒、便箋、ハガキなどを配ります。それを使ってみてもらいたい。毛筆やペンで実際に文字を書いたときの感触や印象を聞きたいんだ。もっとこんな感じの方がいいとか、問題点も含めて率直な意見や要望を聞きたい。最終的には、白水会と一緒に新商品を創り出してみたい」

桜子はワクワクしてきた。

「まあ、面白そうね。きっと皆さんも喜んで協力してくれるわ」

「こんなものがあったら面白そうだ、できたら楽しいな、というような夢みたいなことでもいい。ジャンルは問わない。バッグとか、ランチョンマットやナプキンリングとか、洋服とか、和紙にはまだまだいろいろな可能性がある。むしろ、夢みたいな話から、驚くような新商品が生まれると僕は思っている」

「それなら子どもたちの話も聞きましょう」

「いいね。書道教室の子どもたちだけでなく、いずれは幼稚園や小学校、中学校、高校にも和紙を配れたらと思っている。ＩＴ時代だからこそ手書きの文字に価値が出てくるし、海外には書道を芸術として高く評価している人たちもいる」

「私もお手伝いしたいわ」

「お母さんやお弟子さんたちには、僕らのイベントや商談のとき、同席してもらいたい。書道のデモンストレーションを見てもらい、初めて筆を持つ人が書道を体験する手伝いをしてもらいたい。ネットでもその様子を世界中に配信したい。考えてもごらんよ。柔道も禅も世界中に広まっているんだ。書道もできるはずだ。白水会の書道教室が世界展開できる日が来るよ」

「あなたには本当に驚かされるわ」

桜子はまじまじと息子を見つめ、志津の手紙を思い出した。

「進之介は横尾家の希望だ」と言った志津の言葉に間違いないと思った。

進之介のＹＯＫＯＯインターナショナルとの連携で、桜子の活動範囲は大きく広がった。

志津の介護から解放されて自由な時間が増えた上に、志津の遺言で、会社からの給与が月額四〇万円から五五万円に引き上げられた。その上、今では進之介の会社の若いスタッフたちが白水会事務局の仕事をサポートしてくれる。

桜子は全国の白水会を精力的に回り、独立開業したメンバーの相談に乗り、懇親を図った。進之介からも書道のデモンストレーションの依頼が月に一～二回ある。年に何回かは和紙の産地にも出向いて、生産者や職人と話をする。進之介や雪乃が同行することもあった。

いつの間にか、桜子は白水会の総師で書道家というだけでなく、和紙のＹＯＫＯＯインターナショナルのシンボル的存在としてメディアにも取り上げられるようになっていた。それこそ進之介の戦略でもあった。

「書道の腕はもちろんだけど、和服がこれほど似合うのはお母さんしかいないからね。世界に向けて〝和紙の横尾〟の看板になってもらいたい。それにさ、お世辞を言うわけじゃないけど、お母さんの語り口や笑顔には人を和ませる力がある」

「まあ、ずいぶん持ち上げられたこと。お祖母様はこうなることを予想していたみたい。だからこそ、私たちに軍資金を残してくださったんだわ。お祖母様にはどんなに感謝しても感謝し足りないわね」

進之介は深くうなずいた。

志津の生命保険金五〇〇〇万円と親会社からの報酬の引き上げがあったから、進之介も予想より早く、商品開発や市場開拓、人材育成、製造業者のネットワーク作り、デザイナーとのプロジェクトチームの立ち上げを進めることができた。志津は、他の家族から文句が出ないように細心の注意を払いながら、横尾家の将来を託したふたりに経済的な支えを講じてくれたのだ。

進之介は桜子に「将来のことを考えて、今から白水会の後継者の養成も考えておいてほしい」とも言った。

「雪乃も考えたんだけど、彼女には経営の方が向いていると思う。妹の彩も書道の筋がいいけれど、他にこれはと思うお弟子さんがいたら、志津さんが母さんを育てたようにに育ててほしい。僕はファミリーにはこだわらないよ」

ふたりの活動が軌道に乗るにつれ、大輔との距離は離れていった。

大輔は毎夜のように午前様だし、黙って外泊することもあった。土日は相変わらずゴルフだ。しかし、もう気にならなくなっていた。むしろ、いない方がいい。桜子が生き生きと出歩くようになったことが気に入らないようで、顔を合わせると嫌味を言うからだ。

＊＊＊

大輔は「一族の相続税五〇〇〇万円を払ってやったのは自分だ」と威張っていたが、思い違いも甚だしい。志津の退職金二億五〇〇〇万円は、相続税の支払いに充てるために税理士の西園寺の助言によって会社が用意し、会社から支払ったものである。姉の加寿江や弟の次郎からすれば、大輔に大きい顔をされる理由はない。

加寿江はむしろ、大輔の手元に二億円もの大金が残ることを心配して、志津の退職金の減額を提案したほどだ。この提案は受け入れられなかったが……。

桜子と進之介は増長する大輔を見て、会社を合議制で経営していく必要性を強く感じていた。志津亡き後、大輔に意見できるのは加寿江しかいない。桜子と進之介は、加寿江を伴って西園寺のオフィスを訪ね、方策を練った。

大輔はそんなこととはつゆ知らず、夜遊びに忙しい。相続後、月額報酬は二四〇万円になった。日本橋横尾製紙の配当金で生活費は十分に賄《まかな》えるから、二四〇万円は純粋な「小遣い」だ。よほど羽目を外さない限り、遊び金に困ることはない。

社長といっても、ビル事業は管理会社と仲介会社に任せきりだし、製紙関連の事業は古参の社員に丸投げで仕事らしい仕事はない。定期的に商工会や法人会、日本橋の旦那衆の集まりなどに出席していたが、真の目的は二次会だ。

むろん、週末のゴルフと夜の社交場は〝皆勤〟している。

日本橋育ちが自慢で、「銀座は庭のようなものさ」が口癖である。

ホステスたちも心得ていて、耳にタコができるほど聞かされても、

「だから、社長はやることが洗練されていてダンディなのね」などと持ち上げる。

中身は薄いが、外見は寸分の隙のない洒落者の紳士だし、金払いのいい上客である。どこでも歓迎されたし、大事にされた。大輔にとっては心休まる居どころだ。

相続で二億円を手にして気が大きくなるかと思いきや、育ちの良さからか、気の弱

さからか、投資で儲けようとか、ギャンブルに手を出すなど考えもしなかった。実際のところ、このままでも遊び金にも生活にもなんの不自由はない。会社も住まいも家族にも今のところ心配事はない。ついでに将来のことも何も考えていないからストレスもない。大輔はまさに現代の〝小原庄助さん〟だった。

姉の加寿江から「二億円の預金通帳と印鑑は桜子さんに預けなさい。このお金はあなた個人のものじゃなくて横尾家の守り金よ」と言われたときも、あっさりと承知した。若い頃は母に守られ、その後は姉と妻に守られてきた。プライドさえ傷つかなければ、従っていた方がラクだという考えだった。

しばらくは平穏な日々が続いた。

しかし、日本橋の老舗企業に相続があったとなれば、周りが放っておかない。プロからすれば、警戒心のないお坊ちゃん育ちの大輔から個人情報を聞き出すなど、赤子の手をひねるようなものだ。

「なんとか相続税を支払えてほっとしたよ」などと周囲に漏らせば、すぐに聞きつけて近づいてくる人はいる。

「さぞかし大変な金額だったのでしょうねえ」

「それほどでもないよ。それに以前から準備していたからね」

「さすがですねえ。きっとご自身の税金対策も抜かりなくなさっているのでしょうね」

「いやいや預金で置いてあるよ。だから何も心配しない」

それを聞いた人物は、その後、幾度となく相続税対策としてマンション投資やビル投資を勧めてきた。しかし、元来の面倒くさがり屋で数字に弱い大輔は、こうした話はことごとく「会わない、聞かない、分からない」を貫いた。

大輔の欲のなさが幸いしたわけである。

＊＊＊

毎日のように夜遊びはしても、妻の桜子に不満があるわけではない。妻が、姉の加寿江のような気の強い女でなくて本当によかったと思っている。子育ても両親の介護も任せっきりだったが、さして文句も言わず、良くやってくれた。

だから結婚記念日や誕生日には高価な品物を贈り、一流レストランを予約する。大輔はそうしたところは実にスマートだった。エスコートも日本人離れしている。

今年の結婚記念日は帝国ホテルのレストランを予約していた。桜子も夫の気配りに応えて、控え目な装いながら通好みの凝った着物と帯を選んだ。どれも志津の形見の品だ。

極上のシャンパンで乾杯し、フレンチのフルコースを楽しんだ後、大輔は桜子を行きつけの銀座の一流クラブに連れて行った。

重厚な扉を開けると、笑顔で出迎えたママが桜子に気づいてハッとした。

「僕のワイフだよ。今日は結婚記念日なんだ」

「まあ、奥様、いらっしゃいませ。麗子と申します。横尾様ったら意地悪ね、こんなお綺麗な奥様をお連れになったら、私たちがすっかり霞んでしまいますわ」

さすがに銀座で店を張るだけあって、そつなく桜子を持ち上げる。大輔も満更でもない顔で麗子の世辞を受けている。桜子は無神経な大輔に呆れたが、顔には出さなかった。

……美しい女たちにおだてられて鼻の下を伸ばしている亭主の顔など、女房が見ていて楽しいとでも？　それに、顔には出さないものの、ママやホステスさんたちが困惑していることに気づかないのかしら。

時々、こうした無粋なことをする客がいるらしく、麗子と若いホステスが付きっきりで座を盛り上げようとしているのが、なんとも申し訳なく思った。

「ワイフは、他になんの取り柄もないのだが、少々筆が立つんだよ。白水会、知っているかい？」

「もちろんですわ、書の世界では有名ですもの。ねえ、さゆりちゃん」

さゆりと呼ばれた若いホステスは桜子を見るとハッとして、

「もしかして書道家の横尾桜子先生では？」

「ええ、でも義母《はは》の志津には遠く及びませんわ。書道家なんてまだまだ……」

それからはママの麗子もさゆりも大輔をそっちのけで、桜子に熱心に話しかけてきた。質問の内容からしても、うわべだけの興味ではないようだ。

麗子はホステスたちに「書道は日本女性の嗜《たしな》みですよ。あなた方も先生のもとで手習いをなさいな」とさえ言った。

目のくりっとした若い娘が、

「先生、私の名前、筆で書いていただけません？　お手本にしたいんです。せめて自分の名前くらい綺麗に書けるようになりたいですもの」

「ま、リカコちゃん、図々しいことを！」

麗子にたしなめられても、「お願いします」と可愛らしく手を合わせる。

桜子は微笑んでバッグから矢立《やたて》と和紙を取り出した。矢立とは江戸時代に考案された筆と墨壺を組み合わせた携帯用の筆記用具だ。桜子はこれを現代風に考案し、特注したものを常に持ち歩いている。

「ほんとですか、嬉しい！　本名はハマダヨシコと言います。浜辺の浜、田んぼの田、にんべんに土二つの佳子です」

桜子は深呼吸するとすらすらと書き上げた、一つは楷書、もう一つは草書で。

ホステスたちが感嘆の声を上げた。

麗子もため息をついて言った。

「わたくしね、書が好きで銀座で書道展があるとよく行きますのよ。でも、実際に書道家の先生が書かれている姿は見ることができませんでしょ。今日、拝見できて惚れ惚れいたしました。眼福《がんぷく》ですわ」

お世辞抜きの言葉だった。

他の女の子たちも寄ってきて「桜子先生、私の名前もお願いします」と口々に言い出した。

麗子と桜子は、妻に主役の座を取られて不機嫌そうな大輔に気づいた。麗子は慌てて大輔の機嫌を取り結び、桜子も「いずれまた」とスッと矢立を仕舞った。

何も気づかずに、まだしつこく「先生のお名刺をいただけますか。お教室に通いたいです」などとはしゃいでいる若いホステスを、麗子が「ほらほら、他のお客様を放っておいてはダメじゃないの」と追い立てた。

麗子がゴルフの話題に振り、大輔の腕前とマナーを褒め称える。桜子も控えめに話を合わせて夫を立てたが、帰り際に麗子にそっと数枚の名刺を渡し、「名刺を、とおっしゃったお嬢さんたちにお渡しくださいね。もし、お教室にいらっしゃるようでしたら、お電話いただければ私がご案内しますので」と囁いた。

大輔夫妻が帰り、店を閉めてから、麗子は店の女の子たちに桜子の名刺を渡してつくづく言ったものだ。

「桜子さんみたいな方がウチの店にいてくれたらねえ。着物の選び方、立ち居振る舞いの美しさ、細やかな気配り、そしてすべてに控え目な態度……。若くて綺麗なだけが取り柄のあなたたちとはまるで格が違うわ」

「ママったらひどいわ！」とふくれる子もいたが、ひとりが「横尾さん、お幸せですよね、あんなに素敵な女性を奥様にして」と言うと、皆がうなずいた。

麗子は呆れたように首を振り、

「あなたたち、まだまだ修行が足りないわね。大輔さんは奥様の価値に気づいていないのよ。ホントに馬鹿だわ。まあ、男が馬鹿だから、私たちの商売も成り立っているようなものだけど」と、低くつぶやいた。

後日談だが、店の女の子から桜子に連絡がきて、数名が白水会銀座支部の書道教室に入会した。その中でも熱心に通い続けたリカコが無邪気に桜子に言った。

「お客様に毛筆のお礼状を出したら効果抜群でした！　これでお月謝の元が取れました」

桜子はストレートな感想に吹き出したが、リカコが仲間に吹聴したおかげで、銀座の教室には客商売向けのクラスができるほど生徒が増えたことは確かだ。

＊　＊　＊

大輔はバーやクラブの女性にモテたし、時にはつまみ食いもしたが、素人の女性には手を出したことはない。こちらがチヤホヤしなければならないのは面倒だし、浮気がバレて騒がれたりしたらそれこそ大変だ。桜子と離婚する気は毛頭なかった。

ある日、ゴルフ仲間の佐藤から、美容サロンの経営者だという吉田美香とそのスタッフの藤沢華を紹介された。美香が五十歳、藤沢華は四十歳くらいか、いずれも妖艶な美魔女だが、佐藤がなんのために彼女らを紹介したのか、わからなかった。

佐藤を交えて何度か会食をし、親しくなったところで美香が言った。

「日本橋にも出店したいのですが、なかなか気に入った場所がなくて。佐藤様にご相談したら、日本橋の老舗の社長がいる。日本橋生まれで顔が広いから紹介してやるよ、とおっしゃってくださったんです。良い店舗があったら紹介していただけませんか」

何だ、そんなことか。ビルの仲介会社でも紹介してやるか。これだから素人は面倒だと興ざめしていたところ、今度はスタッフの藤沢華から直接大輔に電話があった。

「どうしてもご相談したいことがありますの。今回はひとりでうかがいます」

仕事の終わった後、夜八時に会いたいという。都合はつくので機嫌よくOKした。好みの美人だったので、浮き浮きした気分で指定されたレストランに出向いた。

先に来ていた華が大輔を見つけて立ち上がり、笑顔で小さく手を挙げた。美香と一緒のときは化粧も服装も控えめだったが、今日の華はドキッとするほど艶やかだった。自分に会うために美しく装ったのだと思うと、思わず鼻の下が伸びてしまう。

相談の趣旨はこうだ。

――今回、美香の店から独立することになった。それは美香も了解している。場所は銀座と赤坂とは離れたエリアを考えている。仲介会社から渋谷の物件を紹介されているが、同行してもらえないだろうか。

「私ひとりでは不安なので、ビルオーナーの横尾社長の目で判断してもらえればと思いまして、厚かましくお願いに上がりました」

上目使いで甘えるように言われ、美人に弱い大輔は喜んで承知した。その夜、華は自分の生い立ちや夢を語り、ふたりの距離は縮まった。大輔は機嫌よく華を車で送り届けた。

三日後、渋谷の物件を見た帰り、大輔が静かなレストランに誘った。

華は独身で、他に身寄りのない寂しい身の上だと打ち明けた。札幌から上京して二十年、美容師として独立を夢見て懸命に働き、ようやく店を出すところまで来たのだと言う。

「一度は結婚したのですが、二年で離婚しました。男性を見る目がなかったのです。貯めたお金も全部取られてしまい、それ以来、男性を信用できなくなってしまいました。これからもひとりで生きていきますわ」

かよわげに目を伏せる。

「そんなことを言っても、君のような美人を周りが放っておくはずがないだろう」

「もう、ひとりで生きていこうと決めておりますから」

大輔は思わず、守ってあげたい気持ちになった。

その後も何度か相談があり、依頼の内容も深くなっていった。

「先方のビルオーナーが法人契約でなければ困ると言うのです。法人を設立するのですが、役員に就任していただけないでしょうか。佐藤様にも役員になっていただけることになりました」

佐藤も役員になるのか。それなら断るわけにもいかないな。役員と言ってもどうせ形だけで、責任が伴うことでもあるまい。

「わかった、いいよ」

「嬉しい！」

無邪気に喜ぶ顔を見て、大輔の気持ちはまた一歩、華に近づいた。

一週間後、華は司法書士と一緒に会社設立の書類を持参した。大輔は書類をよく見ることなく、言われるまま押印した。役員に就任するだけのことだと思い、気にもしなかったのだ。ちょっと引っかかったのは、役員に佐藤の名前がなかったことだ。

さらに五日後、華から明るい声で電話があった。

「おかげ様で無事に契約できました。今晩は私の気持ちばかりのお礼をしたいと思いまして……」

今か今かと連絡を待っていた大輔は、小躍りして誘いに乗った。

華は都内の高級ホテルの展望レストランを予約していた。

シャンパンで乾杯すると律儀に契約内容を報告した。店舗の賃料は月額一〇〇万円、敷金保証金は一〇〇〇万円。これは物件を視察したときに聞いていたが、

「保証金は自分で貯めたお金で用意します」と言う。

金目当ての女ではないと知り、内心ほっとした。

「偉いね。よくやった。とうとう夢が叶ったわけだ、おめでとう」

「ありがとうございます。横尾社長のおかげです。ご恩は一生忘れません」

「私は何もしていないよ。華さんひとりで頑張ってきたのだ。これからも困ったことがあれば、相談に乗りますよ」

「嬉しい！　涙が出そうですわ。あの、一つお願いがあるのですが……。お店の契約は会社契約ですが、保証人が必要なのです。会社の役員として保証人になっていただけないでしょうか。私には保証人を頼める人がおりません。どうかお願いします」

大輔は〝保証人〟と聞いて一瞬ギクッとした。

しかし、思い直した。たかが賃料の保証人だ。万が一賃料が不払いになっても賃料の十カ月分の保証金がある。自分に被害が及ぶことはまずあるまい。

そう判断した大輔は、鷹揚《おうよう》に、

「いいですよ。私でよければ保証人になりましょう」と答えた。

華の顔がパッと輝いた。

「ありがとうございます。ほっとしました。横尾社長のような立派な方に後ろ盾になっていただければ、思い切って仕事ができます。横尾様にお会いできて私は幸せ者です」

ふたりの気持ちは一気に盛り上がった。その夜、ふたりは帰らなかった。

三カ月後、華の美容サロンが渋谷にオープンした。

大輔と華の関係は深くなっていった。開業資金の二〇〇〇万円は銀行から融資を受け、設備はリースで調達した。いずれも役員の大輔が保証人になった。男と女の関係になってしまうと、なおさら「ノー」とは言えなくなった。

当面の運転資金として、ポケットマネーから五〇〇万円を華に渡した。華の身体に夢中になっていた大輔は、何も見えなくなっていた。

付き合いが二年目になると、「横尾社長」から「大輔さん」に変わった。

「ふたりで二軒目のお店を出しましょう。ねえ、大輔さん、お願い」と甘えた。

大輔は渋ったが、一軒目の店は好調なスタートを切り、勢いがある。二件目の開業資金は銀行が全額融資してくれる。融資額は設備費、開業資金込みで三〇〇〇万円。もちろん、保証人は大輔である。銀行は、大輔を華の共同経営者として見ていた。つまり、日本橋横尾製紙代表取締役社長の横尾大輔に対する融資として捉えていた。

華の虜になっていた大輔は「イエスマン」だった。「ノー」と言って、華の悲しい顔を見たり、軽蔑されたり、去られたりするのが何よりも怖い。

……大丈夫、なんとかなるさ、今まで何も問題は起きていないのだから。自分に都合よく考えて、不都合な事実は頭から振り払った。深みに落ちていくパターンだ。

華は金のかかる女だった。夜遊びを控え、週末のゴルフも減らしても月二四〇万円の小遣いでは足りなくなった。手元が寂しくなり、妻に通帳と印鑑を預けてある二億円のことを思い出した。

……あのお金を手元に取り戻そう。あれがあれば何かと安心だ。そうしよう。

＊＊＊

桜子は華の存在に気づいていた。

結婚記念日にいったクラブのママの麗子が教えてくれたのだ。

あれから麗子は、銀座で開かれる白水会の書道のイベントには必ず顔を出してくれていた。桜子は職業で人を分け隔てすることはない。友人知人と同様に歓迎し、時々は一緒にお茶や食事をすることもあった。

「私が言うのも何ですが、ご主人が付き合っている女性のこと、ご存知ですか」

桜子は眉をひそめた。薄々気づいてはいたが、他人から知らされることは恥ずかしく、不愉快だった。

「ごめんなさい。私、いつもでしたらこんな告げ口のようなことはいたしません。でも、今回は別。藤沢華という女は危ないです。たぶん、佐藤という男とグルになって、ご主人からお金を巻き上げようとしているのです。ご主人は騙されているのですよ」

麗子はこうした被害にあった資産家を何人も知っている。彼らがどんな手口でカモから金を引き出すかも、教えてくれた。

だから、大輔が「二億円の通帳と印鑑を渡してくれ。これからは自分が保管する」と言い出したとき、ピンときた。絶対に渡してはならない。

「何に使うのですか」

「私の金だ。いちいちお前にとやかく言われることはない」

「あのお金は、いざというとき、会社や横尾家のために使うお金としてお預かりしているものです。それは家族全員知っています。私の一存で出すわけにはいきませんわ」

「うるさい！　つべこべ言わずに早く出しなさい」

「今、手元にありません。通帳と印鑑は銀行の貸金庫です」

「それなら、明日出してくるんだ、いいな」

大輔を送り出すと、桜子はすぐに加寿江に連絡した。

加寿江は烈火のごとく怒った。お金のことはもちろんだが、原因が女性問題と聞くと怒りが爆発した。しかも、相手の女に騙されている可能性が高いだなんて。

「大輔の性格はわかっていたけど、これほど馬鹿だとは思わなかったわ」

むしろ、桜子の方が冷静だった。

「怒っていても解決しませんわ。西園寺先生に相談しましょう」

すぐに駆けつけてくれた西園寺を交えて対応を話し合った。

加寿江は「お金を渡さず、即刻、女と別れさせるべきだ」と主張した。

桜子は感情を抑え、麗子から聞いた話を西園寺に伝えた。これが本当だとすると、相手は相当にしたたかだ。

「しかも、主人はもうその人に夢中らしいです。私が何を言っても信じてもらえないと思います。それに明日、通帳と印鑑を渡すようにと強く言われています」

西園寺は、資産家からグルになってお金を引き出すグループがいることを知っていた。もし、そうだとすると冷静に慎重に対処しなければならない。

「加寿江さんの意見は誠に正論ですが、ここで女性の話を持ち出すと火に油を注ぐことになりかねません。喧嘩になれば、名義上は大輔さんのお金です。預金全部を自分で引き出す可能性もあります。こちらはまだ準備不足です。時間を稼いで、その間に相手の女性のことを調べましょう。事実と事情を把握するのです」

加寿江はまだ納得できない様子だったが、桜子は同意した。

「問題は明日の対応です。桜子さんひとりでは無理です。三人で対応します。三人なら落ち着いて話ができます。女性のことは双方感情的になりますから、触れないようにしましょう。重要なのは全額を渡さないことです」

「具体的にはどうすればいいのでしょう」

「必要な金額を聞いてください。美容サロンの開業資金だとしたら数千万円以上にはなりません。ご主人は当面の資金が欲しいのですから駆け引きするのです」

ふたりは西園寺の話に引き込まれた。

「桜子さん、通帳は何冊ですか」

「三冊です。A銀行の普通預金が五〇〇〇万円、残りはB銀行とC銀行で、どちらも定期預金になっています。満期は確か一、二年先です」

「普通預金の五〇〇〇万円を渡すのが落としどころでしょう。今すぐにお金が欲しいはずですから。その代わり、もうこれ以上渡せないという強いメッセージを伝えます」

翌日、帰宅した大輔を桜子と加寿江、税理士の西園寺が迎えた。

大輔はたじろいだ。

警戒する大輔に、西園寺がにこやかに話しかけた。

「社長、お久しぶりです。お元気そうで何よりです」

「ええ、まあ。その節はいろいろ世話になりました」

「いえいえ、進之介さんも立派な経営者になられて横尾家も安泰ですね」

当たり障りのない世間話をしながら、

「ところで、社長の二億円の預金の件で、奥様とお姉様から連絡をいただきました」

「あの預金は私のものだ。他人にとやかく言われることはないでしょう」

黙っていられなくなった加寿江が口を挟んだ。

「そのお金、何に使うのよ！」

「何に使おうが関係ないだろ。姉さんにとやかく言われる筋合いはない」

「そうはいかないわよ！　元々あのお金は……」

「まあまあ、おふたりとも落ち着いてください。大輔さんのお金であることは間違いありません。一方で、お金の経緯から考えてお姉様の気持ちもわかります。ところで奥様、預金通帳はどうなっていますか」

桜子がメモを取り出して、通帳は三冊あり、普通預金に五〇〇〇万円、一年後満期の定期預金が七五〇〇万円、二年後満期の定期預金が七五〇〇万円であることを説明した。

「では社長、当面必要な金額はいくらぐらいでしょうか」

「当面は三〇〇〇万円ぐらいかな」

大輔はつり込まれて、思わず店の開業資金を言ってしまった。

「それでは普通預金の五〇〇〇万円をお持ちになりますか」

「他の通帳も私のものだ。桜子、早く渡しなさい」

「定期預金の満期は一年、二年先です。今、引き出したら利息がもったいないですよ。なんと言っても額が額ですから」と西園寺。

「三〇〇〇万円必要なら三〇〇〇万円引き出せばいいのよ。ねえ、先生？」

加寿江が言い出した。

大輔は慌てた。加寿江は強引だ。このままでは三〇〇〇万円になってしまうかもしれない。

「何を言う。五〇〇〇万円の通帳を持っていく」

大輔はつい五〇〇〇万円で手を打ってしまった。

「まあまあ、今日のところは社長の言う通りにしましょう」

桜子が取り出した普通預金の通帳と印鑑を受け取ると、西園寺に挨拶もせず、憤然として自室に引っ込んだ。

西園寺は居間に残ったふたりに、

「第一幕はシナリオ通りになりましたね。私は弁護士の城所さんとも相談して、早速、例の女性について調査します。結果がわかり次第ご連絡しますから、それまではくれぐれも女性のことは知らないふりをしていてください」と念を押して帰っていった。

＊　＊　＊

華の二店目がオープンした。

最初の店のときは、初めて自分の店を持った喜びで懸命に働いた。お客様第一を貫き、順調な滑り出しだった。二店目は店長に任せたが、うまくいかない。華は人を上手に使うことができず、スタッフを育てる忍耐力にも欠けていた。思い通りにならないと店長やスタッフに当たり散らし、ストレスを発散するために今まで以上に派手に買い物をするようになった。

大輔とも些細なことで喧嘩になった。

店の売り上げは減少し、資金繰りに窮した。スタッフの給料、店舗の賃料、設備のリース代、銀行への返済、分不相応に借りた高級賃貸マンションの家賃やクレジットカードの支払い……。支出はどんどん膨らんでいった。大輔が経営について全く頼りにならないことに苛立ったが、お金のことを頼めるのは大輔しかいない。

半年もしないうちに、五〇〇〇万円あった大輔の普通預金の残高はゼロに近づいた。そして、ついに銀行とリース会社から、保証人である横尾大輔宛に返済を求める通知が届いた。さらにビルオーナーからも未払い分の家賃の請求書が届いた。

請求書やメール、電話に大輔は追いかけられた。結局、美容サロンを閉めるしかなくなり、保証人の大輔が後始末をしなければならなくなった。

残りの定期預金を引き出すことも考えたが、桜子や加寿江、税理士の西園寺に事情を話す勇気はない。しかし、ここまでくれば法的に対応しなければならない。

「自己破産」という言葉が頭をよぎり、大輔は恐怖におののいた。

誰か、相談できる相手はいないだろうか。

弁護士の城所の温和な顔が頭に浮かんだ。

彼ならなんとかしてくれるだろう。

震える手で電話をすると、折良く事務所にいた城所が出た。

「困ったことになったのです。すぐそちらにうかがっていいですか」

城所はにこやかに迎えると応接室に案内した。税理士の西園寺から大輔の女性問題については聞いていた。むろん、大輔はそんなことは知らない。

「何があったのか、落ち着いて最初から話してください。内容は誰にも漏らしませんから」

城所の巧みなリードで、大輔は二時間以上も話し続けた。もはや隠しだてをする気力も見栄も残っていなかった。城所は表情一つ変えず、時々事務的な質問を挟むだけだった。

すべて聴き終えると、

「わかりました。私が代理人になって債務整理をします。美容サロンの倒産に伴うお金の問題です。日本橋横尾製紙まで問題が及ぶことはないでしょう。安心してくださ い」

「華と私はどうなるのでしょう。自己破産になるのでしょうか」

「大丈夫です。そんなことにはなりません。会社を整理するだけです。債務を返済すれば問題は解決します」

「それを聞いて安心しました。何しろ初めてなことで」

「横尾さん、何度も経験する人はいませんよ」

「そうですよね」

大輔は苦笑いしながら、安堵の表情を浮かべた。

城所はすぐに動いた。

華の債務を調査し、大輔の責任範囲の金額を確定させた。

さらに西園寺と相談し、大輔を日本橋横尾製紙の代表取締役社長から退任させる手続きを進めた。万が一のため、個人保証債務と会社を切り離す措置だ。

それを聞いた大輔は慌てた。

「いや、それは困る。退任したら肩書きがなくなってしまう」

「今はそんなことを言っている状況ではありません。緊急事態、緊急避難なのです」

「しかし……」

「一時的な措置です。無事に処理を終えたら復帰させます。心配無用です」

大輔は渋々承知し、進之介が代表取締役社長に就任した。

華の交友関係も調査したが、幸いなことに詐欺グループとの関係はなかった。

城所は華に会い、事態を収拾するために協力を求めた。

「事実を包み隠さず話してください。会社は清算しますが、あなたが自己破産に追い込まれないようにしますし、当面の生活資金も用意します」

大輔は頼りにならず、連絡も取れない。

絶望していた華は話に乗った。もはや城所に頼るしかない。

大輔の保証人としての負債総額は約一億円だった。

城所と西園寺は華の会社を清算し、六カ月間で債務整理を終えた。華は渡された生活資金を手に、美容師として再出発すると言って札幌に帰った。

火遊びのツケは大きかった。すべての処理が終わったのち、大輔名義の定期預金一億五〇〇〇万円は三分の一以下になった。

半年後、大輔は代表権のない名誉会長に復帰した。

代表取締役社長への復帰を希望したが、他の株主が承知するわけがない。役員報酬も減額された。大いに不満だったが、自分が蒔いた種だけに文句は言えない。

不祥事は一件落着したものの、夫婦間の亀裂はそう簡単に埋まるものではない。桜子は一切その話題には触れないが、大輔からすれば妻の沈黙も怖い。大輔はまた、温かく迎えてくれる銀座の店に通うようになった。

桜子は夜遊びについても文句を言わなかった。何か言っても変わるとは思えなかったし、夫に対する気持ちはとうに冷めた。すべての関心は白水会と進之介の事業に向いている。

＊＊＊

日本橋横尾製紙株式会社の代表取締役社長に就任した進之介は三十七歳、公私ともに充実していた。

進之介が二十代で立ち上げた和紙販売会社「ＹＯＫＯＯインターナショナル」も、白水会書道教室との連携で相乗効果を上げ、順調に売り上げを伸ばしている。妻の雪乃は外資系企業で培った経験と語学力を駆使して、同社の取締役兼ヨーロッパ市場の統括責任者として活躍している。白水会書道教室は師範の独立支援システムが軌道に乗り、教室数、生徒数ともに増えている。折からの書道ブームもそれを後押しした。

最近では、進之介が仕掛けた書と和紙のイベントがメディアでよく取り上げられるようになった。進之介は、イベントの主役に白水会総帥の書道家、横尾桜子を前面に押し出した。

メディアは桜子を「和のカリスマ」として取り上げた。六十一歳を迎えた桜子は、それにふさわしい貫禄と見識を身につけていた。

来年には、生徒とともにヨーロッパ各地で書初めイベントを行う海外ツアーが決定している。それを知った海外の取引先からは「同じ会場で和紙の展示販売会も開催してほしい」「我々の都市でもぜひ開催してほしい」といった声が次々に寄せられており、大きなイベントに発展しそうだ。

進之介には経営能力とプロデュース力が備わっている。

我が子ながら頼もしいと思う。

しかも嬉しいことに女性に対する偏見がない。

妻の雪乃を事業パートナーとして尊重してきたように、優秀な女性を積極的に採用し、重要な仕事をどんどん任せた。ＹＯＫＯＯインターナショナルには女性取締役が雪乃を含めて三人いる。

「あなたは大した経営者だわ」

「親父という反面教師がいたからね」

進之介はそう言って笑いながら、

「折り入って、日本橋横尾製紙の株主としての母さんに相談があるんだけど」

「あら、何かしら」

「日本橋ＹＳビルの一階に和紙の店を出したい。実は一階の半分を借りていたテナントが半年後に退去する。そこをアンテナショップ兼イベントスペースにしたい。当面、売り上げは期待できないけれど、日本橋の老舗、『和紙の横尾』というブランドを再現できるし、社員のモチベーションアップになると思っている」

桜子は胸の高まりが抑えきれない。若い頃、「和紙の横尾」の店に立ち、多くの顧客や取引先の方々とお会いし、さまざまな交渉をまとめ上げ、喜んでいただいた思い出がよみがえる。

実現すれば、ネットの取引先や海外のバイヤーはもとより、和紙の製造元の方々や白水会の生徒さんたち、国内外の観光客など、さまざまなお客様に足を運んでいただける。「和紙の横尾」が日本橋によみがえる。

「私は大賛成よ。バーチャルではなく、直接、和紙に触れ、人と人とが出会えます。そこからきっと何かが生まれるはず。日本橋からもう一度、和紙の文化を発信ができる、夢のようだわ。訪れた方に日本の伝統文化や老舗の重みを感じ取ってもらえる場になりますよ」

「問題は賃料だ。ＹＯＫＯＯインターナショナルが負担するわけだけど、それに見合う収益を上げられるのか、そこがまだ読めない」

「あなたは日本橋ＹＳビルのオーナー会社の代表取締役社長ですもの、その辺はどうにでもなるでしょ」

「いや、それはできない。ＹＯＫＯＯインターナショナルと日本橋横尾製紙は別会社なのだから、きっちりとケジメをつけなければ株主に説明ができないよ。三年で採算が取れないようなら撤退する。責任は僕が取る。母さんは株主だから事前に話しておこうと思ったんだ。それに昔の店を知っているからアドバイスもしてほしい」

進之介は夢を追うだけの甘い社長ではなかった。

「和紙の横尾」日本橋店をオープンさせる計画は、プロジェクトチームを立ち上げて動き出した。桜子も嬉々として参画した。

＊＊＊

二〇一二年秋、「和紙の店　日本橋横尾」が開店した。

取引先やメディアに告知していたが、開店と同時に、予想を上回るお客様やメディアが殺到した。桜子は二十年ぶりに店に立った。和服姿の桜子が店に立つだけで空気がキリリと引き締まる。

古い取引先や年配のお客様を見かけると、桜子はそっと会釈した。中には懐かしさで声を上げて駆け寄ってくる人や、桜子の手を握り、声を詰まらせてお祝いを言う人もいた。

「和紙の店　日本橋横尾」は大成功をおさめた。全国から和紙の愛好家や観光客が訪れ、さまざまなジャンルの業者や取引先も押し寄せた。予想をはるかに超える反響に、進之介は確かな手応えを感じた。

古き良き江戸の香りを楽しむように銀座からわざわざ歩いてくる人もいた。一方で、東京駅や羽田空港からタクシーで駆けつけて大きな商談をまとめ、トンボ帰りする業者や取引先もいる。日本橋という立地だからこそできることだ。

店の売り上げはもちろん、ネット販売にも弾みがつき、当初の不安は消し飛んだ。取引先や社員の士気も上がり、一体感と高揚感に包まれた。

白水会のスタッフや生徒も「和紙の店　日本橋横尾」の開店を誇らしく感じた。この〝魅せる店〟によって、日本橋、和紙、白水会ががっちりと結びつき、日本橋横尾製紙も文化の擁護者としてクローズアップされた。

全国の白水会書道教室の師範や生徒は、上京した折には必ず来店した。店で桜子を見かけると、憧れのスターを見るような目で見つめ、言葉を交わしたことを大切な思い出として持ち帰り、地元で自慢するのだった。

桜子は一人ひとりに丁寧に応対し、和紙の魅力を語った。そして、便箋や封筒、ハガキ、ポチ袋、和紙などをセットにしたお洒落な記念品をプレゼントした。それが口コミやネットで広がり、また来店者が増えた。

隣接する珈琲店とも提携し、和紙のフィルターペーパーで出した珈琲を提供してもらった。横尾に訪れる客には割引チケットが配られ、珈琲店も味と香りと余韻を楽しむ客で賑わった。

開店して半年後、桜子は進之介に伝えた。

「そろそろ私は店に立つのをやめますよ。昔の横尾商店ではなく会社なのだから、もう私の出る幕ではありません。彩たちもいることだし、若い人たちに任せます」

「わかった。大丈夫だよ。僕らがここから和紙の横尾の新しい伝統を発信していくから。ただ、お母さんに会いたくてわざわざ来てくれる人もたくさんいるのだから、イベントがあるときにはぜひ顔を出してほしい」

以来、桜子はイベントのときだけ、店の片隅に立つようにしている。その傍らには彩が寄り添った。かつて志津に桜子がそっと寄り添っていたように。

＊＊＊

進之介の活躍を見て、大輔は嫉妬と焦りに駆られた。

たまに早く家に帰っても、桜子は白水会の仕事で出歩いていてほとんどいない。

大輔は孤独だった。

話し相手を求めて銀座の店に行けば、常連たちから「息子さん、大活躍ですな。そうそう、奥さんもこの間テレビで拝見しましたよ。大したものだ」などと言われる。それも面白くない。加えて銀座で遊ぶにはやや懐が寂しい。報酬が減額され、自由になる金は月々一五〇万円になった。一般人からすれば信じられないほどの小遣いだが、銀座でスマートに遊ぶにはこれでは足りない。大輔は浅草、神田方面に河岸を変えた。

神田のバーで、宮崎宗一という不動産会社の社長と知り合った。

とにかく調子がいい男で、会長、会長と持ち上げてくれる。

「日本橋の老舗企業の会長で、立派なビルもお持ちとは、我々とはまるで格が違いますわ。いやあ、ご一緒させていただくだけで畏れ多い」

おだてられ、奢《おご》られて気分良く飲んでいるうちに、ポロリと本音も出る。

「いやいや、収入の半分は税務署が持っていくからね、大変だよ。女房にも財布の紐を握られているしなあ」

「我が家も同じですよ。税務署と女房は〝前門の虎、後門の狼〟ですね」

ふたりは大笑いして一気に打ち解けた。

「ところで会長、ちょうど私のところに耳寄りな物件情報が持ち込まれましてね、未だ市場には全く出ていない新鮮な情報です。埼玉県の大宮駅から徒歩十五分、築四年のマンションの一棟売りです。家賃は二年間確定で年間三〇〇〇万円、物件価額は三億五〇〇〇万円、利回りは八・五％。大手建設会社が三十年間一括で借り上げします。頭金は五〇〇〇万円、銀行融資三億円が付いています」

「大宮？　よく知らないな」

「今や人気の街ですよ。大宮から東京、池袋、新宿、渋谷まですべて直通三十分以内です。新幹線のターミナル駅で、東北、上越、山形、秋田、北陸の新幹線が停まります。発展は間違いない。下手な都内の街より便利です。駅前にはマンションがどんどん建っています」

「ほう、五つの新幹線が停まるのか」

宮崎は脈があると見て、さらに熱心に売り込む。

「築四年ですから新築同様です。大手建設会社が建築して三十年間一括借り上げで、二年間の家賃が確定しています。安全、安心、確実な投資案件ですよ」

畳みかけられて、思わず話に引き込まれたが、

「ちょっと待ってくれ、話だけではなあ」と逃げを打った。

投資など面倒なことはしたくない、というのが本音だ。

宮崎はあきらめなかった。

「わかりました、一度ご案内しましょう。明日はご都合いかがですか」

「明日は、……ちょっと都合が悪いな」

「それでは明後日はいかがですか。午前十一時に車でお迎えに上がります」

宮崎の押しの強さに、とうとうマンションを視察することを承知してしまった。

二日後、迎えに来た宮崎の車で現地を訪れた。

「いかがですか」

「確かに綺麗だね」

「緑が多くて環境も申し分ないでしょう。早く決めないと他にさらわれてしまいます

よ」

二日前までマンション投資など全く考えていなかったのに、実際に物件を見ると、この機会を逃しては損をするような気分になってきた。

「その前に価格だが、三億五〇〇〇万円はなんとかならないか。三億円になるようだったら考えてもいい。三億の投資で年間三〇〇〇万円の家賃収入が確保できれば、返済計画が安定する。投資利回りが一〇%、年間家賃が確定ならば、計算上一〇年間で二割回収できる」

「さすが、会長にはかないません。ただ、売り主が値引きに応ずるかどうか……。優良物件ですからね。それに一〇〇%融資する銀行がどう出るか、ということもありますし」

「そこをなんとかするのが、宮崎さん、あんたの腕でしょう」

「いやいや、一本取られました。私も男です。会長のために頑張ります。そのためにも会長の明確な意思を先方に伝えなければなりません。買付証明を出してください」

「買付証明？」

「ここに書類を持ってきました。三億円で購入する、という意思表示です。住所とお名前を書いていただければ結構です。契約書ではありません。あくまでも売り手に対する意思表示です」

「契約ではないのだな。ペナルティもないよな」

「ええ、あくまでも申込書です。この金額で買います、という書類です」

「わかった。銀行の件もよろしく頼むよ。頭金は出したくないからな」

「もちろんですとも。会長のために頑張ります」

宮崎の話に乗せられて、大輔はマンション投資を決めてしまった。現地へは車で連れて行かれただけで、自分の足で駅から歩いて道筋の環境を確かめたわけではない。当然、投資対象として適格かどうかも精査していない。単に宮崎の話と「利回り一〇％」という数値で決めただけだ。

一括借り上げの契約書の内容も十分に検討していなかった。借入金の金利が変動金利であることは説明を受けたが、そのリスクは十分に理解していない。そもそも七十歳に近い自分が、借入金三億円、返済期間三十年の投資をする異常ささえ、感じていない。

「三十年間一括借り上げ」で年間三〇〇〇万円の家賃が安定して入ってくるのなら、

返済分を除いても相当な額が残るはずだ。小遣いが増えて生活を楽しむことができる。大輔は目先の小さなお金欲しさに、大きなお金のリスクが見えていなかった。

投資については誰にも相談しなかった。保証人には気の弱い弟の次郎に、「この投資は安全確実だ。保証人になってくれれば、来年の役員会で常務に昇格させて報酬のアップを約束する」と説得してなってもらった。

次郎は勤務していた団体の役員を退職したばかりだった。退職したとはいえ、日本橋横尾製紙からの報酬や相続したアパートとワンルームマンションの家賃収入を合わせれば、大手企業のサラリーマン以上の収入はある。しかし、年収が減る不安からつい甘い話に乗ってしまった。

……兄には息子の進之介がいる。進之介が代表取締役社長だ。兄の投資が万が一、失敗しても、よもや自分にまで火の粉が降りかかることはあるまい。

そう自分を納得させた次郎もまた、お坊ちゃん育ちの無知なる大人だった。

いざ購入してみると、初期費用が思っていた以上にかかった。

仲介手数料、担保設定費用、登録免許税、不動産取得税、その他、費用の合計は購入価格の一〇%近い。虎の子の五〇〇〇万円が半分に減った。さすがに心細くなったが、独断で始めたことなので誰にも相談できず、今さら宮崎に愚痴を言うことも見栄もあってできなかった。

「まあ、年間三〇〇〇万円の家賃収入が入るのだから」と考えていたが、一〇%の利回りは表面利回りだった。管理費、修繕費などの諸費用が差し引かれ、固定資産税、火災保険料等もかかる。借入金の返済は年間一〇〇〇万円近い。最終的に手元に残る金額は予想していた金額よりずっと少なかった。しかも三十年間元利均等払いなので、当初は金利分だけ返済していて元本は減らない。

「まるでザルで水を掬《すく》っているみたいだ」と失望したが、二年間はそれでもなんとか収支がまわり、わずかながらポケットマネーになった。

二年後、マンションの借上げ会社から突然書面が届いた。

「借り上げ賃料を二五%引き下げる」という衝撃的な内容だった。

大輔は激怒して担当者を呼びつけた。

担当者は上司を伴って分厚い資料を持って現れ、二五%引き下げの根拠を説明した。二年前と現在では市況が違うと言い、淡々と空室率、近隣の家賃相場、今後の動向をデータで説明した。二時間話し合ったが、議論は平行線を辿るばかりだった。

最後に上司が言った。

「ご納得いただけなければ契約を解除されてもかまいません。ご判断にお任せします」

「ふざけるな！　いきなり減額を通告してきて、契約解除するならどうぞ、とは何事か！　三十年間借り上げるというから購入したんだ。家賃を二五％も減額されたら借入金が返済できなくなる。こんな理不尽な話があるか、弁護士に相談するからな」

いきり立つ大輔を、ふたりとも冷たい表情で無視した。

「これ以上お話しすることはないようですので、失礼します」

ふたりが去った後、大輔はしばらく息が上がってしまい、立ち上がることができなかった。五年前の悪夢がよみがえる。追い詰められた大輔が頼るところは、今回も弁護士の城所だった。

＊＊＊

「借上げ家賃を二五％減額するとは乱暴な話ですね。わかりました。相手の会社を調べておきます。まだ二五％減額が決まったわけではありません。金額の交渉になりますから、税理士の西園寺先生にも入ってもらいましょう。法律的には私が、数字は西園寺先生が対応します。関係書類をすべて事務所に送ってください」

週明けに、三人が城所の事務所に集まった。

大輔は溜まりに溜まっていた怒りを爆発させた。

「なんてひどい会社だ、訴えてやる！　宮崎と建設会社、銀行がグルになって私を罠にかけたんだ。ねえ、先生、詐欺まがいのやり方だと思いませんか」

ふたりは黙って言い分を聞いていた。

書類によれば、この二年間は当初の契約通り、家賃が入金されている。問題は、「二年後に市場に合わせて家賃が改定される」ことを大輔が認識していたかどうか。また、一括借り上げ方式の契約についてどういう説明を受けたか、そして、その内容を大輔が理解していたかどうか、である。いくつかの質問をしてわかったことは、大輔がほとんど理解しないまま契約したことだった。

……これでは相手にとって鴨ネギそのものではないか。

ふたりは内心嘆息したが、現実的に対処することにした。

「横尾さん、法律的に争うことは得策ではありません。それよりも有効な方法があります」

「どんな？」

「相手の親会社は、一括借り上げ方式を売り物に、アパートやマンションの建築受注を取って業績を伸ばしている大手です。テレビ、新聞、ネットでも大々的に広告しています。契約二年後に二五％の家賃減額を突然に要求されたことをマスコミに伝える、と言います。会社側は、市場データを挙げて減額は正当だ、と主張してくるでしょう」

「で、どうするんだ？」

「『では、堂々と裁判で争いましょう』と言います。本音は裁判沙汰にしたくないはずです。マスコミも注目しますし、二五％減額だけがクローズアップされて一人歩きします。そうなれば、他のオーナーや地主に不安が広がります。親会社の建築受注の営業にも多大な影響が出るでしょう。それによるマイナスは、一棟のマンションの家賃減額の金額とは比較になりません。このあたりが交渉のポイントです」

「なるほど。さすが先生です。これで安心だ」

「しかし、会社側が開き直って契約の解除をしてくるかもしれません」

「会社側から契約を解除する？　オーナーへの裏切り行為じゃないか！」

「会社は経済合理性に基づいた家賃設定をします。採算が合わなければ契約解除ができる契約になっています」

「そんな説明は聞いていない」

大輔は憤慨したが、契約書には確かに書かれていた。

「それに、横尾さんの場合は『聞いていない』という言い分は通りません」

城所は穏やかな口調で厳しいことを言った。

「横尾さんは〝投資家〟としてマンションを購入し、前の地主の借り上げ方式を引き継いだわけですから、地主とは立場が違います」

城所の言っていることは正論だ。

税理士の西園寺が助け舟を出した。

「横尾さん、城所先生の作戦でいきましょう。相手も落としどころを探ってくるでしょう。そのあたりはどうお考えですか」

「家賃減額は少なければ少ないほどいいが……」

「資金繰りから見てどのぐらいであればやっていけますか。率直な数値を教えてください」

「うーん。二〇％減額でギリギリ、一五％減額なら少しゆとりがある」

「わかりました。しかし、相手のあることです。城所先生の交渉力と金額がポイントになります」

「なんとか、よろしくお願いします」

大輔は思わず頭を下げた。

交渉の当日、弁護士の城所が代理人に立ち、税理士の西園寺が同席すると、さすがに相手は身構えた。ふたりともその世界で名の知れたプロだ。

城所は、公の場で争うことも辞さない考えを匂わせながら、

「二年前に、地主との家賃改定が大きなトラブルになったと、業界紙の記事で拝見しましたが……」と、相手の出鼻を挫いた。

「その件は二年前に解決しました」と会社側。

城所はそれ以上突っ込まず、淡々と話を進めた。

手強い相手とみた会社側は契約解除を言い出さず、金額面で妥協点を探ろうとした。その後、何度かの話し合いの末、「家賃一八％減、契約期間二年」となった。大輔は内心大いに不満だったが、とりあえず危機を脱したことに安堵した。

「しかし、横尾さん、本当の問題は解決していませんよ」

「だって次の家賃改定は二年後だろう」

あまりにも呑気な大輔に、温厚な城所も呆れ果てて語気を強めた。

「横尾さん、状況をわかっているのですか？　まず、やらなければいけないことは、一刻も早くマンションを売却することです。すでに投資額の元本を割っています。売却が遅れれば損失額が拡大する。早急に決断してください」

税理士の西園寺も強い口調で言った。

「このままでは横尾さんだけでなく、保証人の次郎さん、ご家族全員に被害が及びます。早ければ早いほど傷は少なく済む。必ず実行してください。我々がお手伝いします」

「売ると言っても三億円以下では借入金が返せない。手元金もない。時間をかければ用意できるかもしれないが……」

「そんな悠長なことを言っている場合ではありません。一刻を争います。今なら一括借り上げ方式で二年間の家賃が確定していますから、市場に出せます」

「いくらで売れるだろうか」

「市場に出してみなければわかりません。オークションで売る方法もあります。プロに任せましょう」

「元本割れしたら銀行への返済はどうなるんだ。そんなお金はないぞ」

「会社でなんとかするしかありません。早急に進之介社長と相談します」

息子に自分の失敗を知られるばかりか、後始末を頼むのはなんとしても避けたかった。しかし、もはや自分で解決できる問題ではないことも明らかだ。

「進之介には先生から伝えてほしい」

城所と西園寺から連絡を受けた進之介は、すでに大輔の投資の失敗を知っていた。保証人になった次郎が事情を打ち明けて、泣きついてきたからだ。

「進之介君、私は投資の内容について何も知らなかったのだ。兄に頼まれてやむなく保証人になっただけだ。なんとか会社で処理をしてくれ。兄の借金を私に背負わさないでくれ。頼む、頼むよ」

言われるまでもなく、進之介は「申し訳ありません。身内の不始末は身内で処理します」と謝った。

三億円もの借入金の後始末を親父にできるはずがない、会社で後始末をするしかない。

進之介は腹を括り、すぐ行動に出た。

城所と西園寺と相談した上で桜子に事情を打ち明け、会社で負担することの合意を得た。これで株主のうち、進之介、次郎、桜子が合意したことになる。伯母の加寿江が知れば大騒動になることがわかっていたから、黙っていた。

西園寺を通じて、会社で後始末をつけることを大輔に伝え、城所と西園寺に売却を依頼した。書類が整っていたので、すぐに市場に出すことができ、二億三〇〇〇万円で落札された。

大輔は未練たらしく、「もう少し待てばもっと高く売れるかもしれない。家賃が入ってくるのだから待ってもいいではないか」と言ったが、桜子から「今のあなたに口を出す権利はありません」とピシャリと言われ、黙り込んだ。

損失額は諸費用含めて七八〇〇万円だった。大輔が二八〇〇万円を負担し、残りの五〇〇〇万円は会社が負担した。

始末がついた後、加寿江が怒鳴り込んで来た。次郎から顛末を聞き出したらしい。

「一度ならず、二度目は許さないわよ。飲む、打つ、買うとはよく言ったものよ。お酒を飲むだけなら許すけれど、女に手を出して騙されたくせに、それでも懲りずに今度は投資で失敗して皆に迷惑をかけるなんて！　男として、いえ、人間としても失格よ。この落とし前はきっちりつけさせるから覚悟しなさい」

凄まじい剣幕で詰め寄ると、

「大輔、今すぐ役員を辞任しなさい。会社と家族に迷惑をかけたのだから当然です」

「姉さん、それは勘弁してくれ。会社に迷惑をかけたと言っても一時的なものだ。会社から借りたお金は必ず返す」

「あんた、本当に何もわかってないのね。前回も今回も一歩間違えたら深みにはまっていたのよ。そうなったら会社も家族も巻き込まれていたわ。あわやというところで城所先生や西園寺先生に助けてもらったことがわからないの！」

「……」

「まあ、今日のところはそのぐらいで」

西園寺が間に入ったが、加寿江は止まらない。

「役員を辞任しないなら、あんたの株を進之介に渡しなさい」

「株を渡す？」

「そうよ。あんたが会社の株を持っていると危なくて見ていられないわ。役員を辞任するか、株を渡すか、どちらかで責任をとりなさい。さあ、どうするの！」

大輔は途方にくれて西園寺に助けを求めた。

「先生、どちらかを選べと言われても……」

「役員辞任となると給料はなくなります。株は贈与か売買で渡すことになりますが、相続税評価額ですからなんとかなります」

「それなら株は進之介に渡して役員に残りたい。そうすれば、給料はそのままなのですね」

「ええ、給料はそのままです」

「給料だって減額すべきでしょ！」と、加寿江。

「それは困る。これ以上、減額されたら会社に返済することもできないし、小遣いもなくなってしまう」

大輔は見栄も恥も捨てて現状維持にすがりついた。

西園寺が間を取り持ってこの場を収めた。

大輔の会長職はそのまま、株は大輔から進之介に贈与することで一件落着した。大輔が所有する四〇%の株は相続時精算課税制度を使って進之介に贈与することになった。

加寿江がジロリと一同を見渡して言った。

「この際だから桜子さんにも言っておきましょう。九階の部屋から出てください。あなたたち夫婦がビルに住んでいるのは公私混同です」

桜子が間髪入れず、「はい、わかりました」と返事をした。

大輔は無抵抗だった。

あれほど日本橋にこだわっていたが、次から次へ責め立てられ、抵抗する気力など、もはや残っていなかった。

加寿江は、こっそり桜子にうなずいた。

実は、この展開は皆の納得ずくのシナリオだったのだ。加寿江がこの場で大輔に引導を渡すことも承知していた。シナリオ通り、大輔の会社の放棄と城の明け渡しが成立した。

加寿江は見事な芝居で、一気に「横尾家の相続」を終わらせてしまったのだ。

「お義母様もこれでほっとしたことでしょう」

桜子は、加寿江に文字通り手を合わせて感謝した。

＊＊＊

日本橋ＹＳビルから八丁堀のマンションに引っ越してしばらくすると、大輔は糖尿病が悪化して夜遊びを〝自粛〟せざるを得なくなった。

一方、進之介は和紙販売関連の事業を拡大し、敏腕経営者として知られるようになっていた。日本橋ＹＳビルは売却も視野に入れ、五年前から徐々にテナントとの賃貸契約を定期借家に変更していた。

そんな時、加寿江が膵臓癌で倒れた。

末期で手術はできないとわかると、桜子と進之介を呼んで告げた。

「日本橋横尾製紙の私の株は会社に返すように、子どもたちに遺言しておいたわ」

加寿江の夫は二年前に他界している。三人の子どもがいるが、長男から、従兄弟の進之介に「母から、会社の株は会社に返すようにと強く言われている。私は従うつもりだが、実は反対する兄弟もいて困っている」と連絡してきた。

「母さん、どうしようか。加寿江伯母さんには大きな恩がある。今、会社があるのも、伯母さんが親父に引導を渡してくれたからだ」

「最後まで加寿江さんは横尾家のことを考えてくださって……。私たちはご恩に報いなければいけないわ。どういう方法があるかしら」

ふたりは西園寺に相談した。

「会社の株は、加寿江さんと次郎さんがそれぞれ二〇%ずつ保有しています。加寿江さんが持ち株を会社に戻したとしても、放っておけば相続があるたびに宿命的に株は分散されていきます。ビルも老朽化します。そうなると建て替えはもとより、メンテナンスもできなくなる。今が決着のつけどきです」

「伯母はああ言ってくれたけれど、僕はビルを独り占めする気はありません。相続の権利は伯母、叔父、従兄弟たちを含めて、公平、平等、オープンにするべきだと思っています。ただ、ベストな方法がわからない」

桜子も同感だ。もちろん、大輔は蚊帳の外である。

日本橋ＹＳビルの時価は二〇億円近い。加寿江の子どもたちが母親の遺言に従ったとしても、次郎やその子どもたちが権利を主張する可能性は高い。そうなれば不公平になる。進之介も桜子も、後々一族が争うようなことはなんとしても避けたかった。

進之介の目的は和紙の事業を発展させ、ひいては和の文化を世界に広めることだ。できれば、日本橋で横尾のブランドを守りたい。桜子も、志津の意志を受け継いで、進之介たちとともに和紙と書道の文化を広めて次の世代に伝えることが自分の使命だと思い定めている。

西園寺はふたりが考えてもいなかった策を提案した。

「日本橋横尾製紙を不動産M＆Aで売却してはどうでしょうか」

「不動産M＆A？」

「ビルではなく、会社ごと売るのです。会社が不動産を売れば、法人税が三五％課税されます。残りを株主に配当すると株主には所得税などが五〇％課税され、手取りは三三％になってしまいます。不動産M＆Aは株式の売却ですから、不動産を時価の七〇〜八〇％で売っても売却益に対して二〇％の課税で済み、株主の手取りは五六〜六四％になります。不動産M＆Aが有利です」

進之介は黙ったままだ。

代々続いた会社を自分の代で手放す？　許されることだろうか。

日本橋の老舗としてのブランドを手放していいのか。

軌道に乗っている店舗はどうなるのか。

しかし、このままではビルが一族の争いの元凶ともなりかねない。

「買い手はいますか」

「もちろん、います」

「買い手はビルを建て替えるのでしょうね」

「たぶん、そうなるでしょう」

西園寺は進之介の葛藤がよくわかったが、あえて現実的な話をした。

「不動産M＆Aのもう一つのメリットは役員の退職金です。株を持っていないお父様のことは別途考えなければなりませんが、他の株主はほとんど非課税で退職金を受け取ることができます。買い手にとっても、適正な額の退職金であれば、会社の損金を引き継ぐので有利になります」

「この方法ならば、一族が平等に利益を得られ、手取りも多くなるのですね」

桜子は、思案にくれている進之介の腕を優しく撫でた。

「進之介、皆さんに公平に分けるために会社を手放すのは仕方がないことかもしれません。私はそういう時期が来たように思うのよ。すでに私たちは和紙の横尾のブランドを築いたのですもの、日本橋ＹＳビルであの店が続けられないとしても、横尾のブランドが失われることはありません。私はそう信じているわ」

西園寺が首を振った。

「いいえ、会社を売却しても日本橋で店を続ける方法はあります。ここが一番大事なポイントです」

「どうするのですか」

ふたりは同時に聞いた。

「建て替え後のビルの一階を買い戻すことを売却条件とするのです」

「そんなことができるのですか」

「事例はいくつもあります。城所さんと私が手伝います」

「一階を買い戻せれば、私たちの夢は実現できる。力を貸してください。家族も会社のスタッフも喜ぶと思います」

進之介は目を輝かせ、西園寺から詳しい話を聞き出した。桜子も進之介の手を握り、西園寺の話を理解しようと真剣に耳を傾けた。

紆余曲折《うよきょくせつ》はあったが、会社は損金込みの一五億円で大手不動産会社に売却された。

進之介の決断と専門家のノウハウ、それに加えて一族全員が合意したことで契約は短期間でスムーズに締結された。買い手は、進之介の和紙販売会社が一階部分を買い取ることも受け入れた。希少な日本橋の案件を手に入れるためというだけでなく、ブランド力のある店舗が入ることは、新ビルの価値を上げるという冷静な判断からだった。

会社売却に当たり、合計三億円の退職金が支払われた。大輔は株主ではないが、社長、会長を長年務めたことから一億三〇〇〇万円、桜子に二〇〇〇万円、亡くなった加寿江、次郎、進之介にそれぞれ五〇〇〇万円ずつが支払われた。ほとんど手取りの金額である。

さらに株主には持ち分に応じて会社の売却代金が分配された。加寿江と次郎の家族には一五億円の二〇%に当たる三億円（手取り二億四〇〇〇万円）が渡った。退職金と合わせれば三億円近い。亡き加寿江の子どもたちや次郎家族にとって思いもよらな

＊＊＊

い金額であり、ただただ進之介の決断に感謝した。

大輔、桜子夫婦も退職金と株式の売却代金を合わせて三億円近い金額を手にした。

桜子はすべてが終わったのち、進之介に言った。

「あなたの決断が一族全員に公平に恵みを与えたわ。お義母様もあなたの決断を褒めてくださるはず。私もあなたのことを誇りに思っているのよ」

「でも、僕が代々続いた老舗の看板を下ろしてしまったんだよ」

「あなたは利口なようで馬鹿ね」

桜子は温かく微笑んだ。

「受け継ぐのは会社でも看板でもないのよ、魂なの。私たちは先代たちが守り続けてきた横尾の文化と魂を受け継いでいけばいいの。事実、私たちはそれをやってきたじゃないの。そして、その気持ちを理解し、繋いでくれる人たちがいる。彩がいる、雪乃もいる。あなたの会社の社員がいる。白水会の先生たちや生徒さんがいる。その魂を翔太たちに託すの。翔太や勇太が他にやりたいことがあるなら、受け継いでくれる人を探し出して育てればいいの。それは受け継いでいく価値があるものだし、それを託すべき人を見出すのもあなたたちの使命なのよ」

桜子は心の中で続けた。

……そう、お義母様が私を見つけて育ててくださったように。

そして、思った。

……和尚様がおっしゃったことは本当だった、と。

「どんなことも必然である。大宇宙の理《ことわり》に従って生きていけばいいのじゃよ」

桜子は瞑目《めいもく》した。

……和尚様、和尚様の言葉が今になってよくわかります。私の一生はお義母様に見出され、たくさんの方々に支えられ、進之介と彩を育て上げることによって完成しました。すべて大宇宙の理だったのだと思います。本当に幸せなことでした。

そして、志津に心の中で伝えた。


……お義母様、安心してください。進之介は「継ぐべき者」に育ちました。たぶん、彼が次の継ぐべき人を見出して育ててくれることでしょう。それは個人ではなく、組織かもしれません。

進之介は私以上の能力があります。だからなんの心配もない、楽しみだけです。

私はこれから、お義母様が最後まで心配されていた大輔さんを最後まで看てから、お側にまいります。

お義母様が謝ることなんてありませんよ。出来の悪い子どもだと思えば、なんのことはありませんもの。

あら、お義母様ったら笑ってらっしゃる。

桜子もそれだけ強くなりましたのよ、褒めてくださいな。

第三話

NATSUKO ～自立する女たち～

女性に相続権がなかった時代、母は奈津子に「一所懸命勉強すれば、女だってなりたいものになれるんだよ」と励ます。長男家督相続で全財産を相続した兄と、歯科医として自立独立した妹・奈津子の人生の行方は……。

現代の女性には想像がつかないだろうが、七十四年前まで女性には相続権がなかった。

配偶者である妻に相続権が認められたのは、昭和二十二年（一九四七年）の民法改正によるもので、そのときの妻の相続権は三分の一。この改正で長男家督相続から兄弟均等相続になり、兄弟姉妹が均等に親の資産を相続できるようになった。しかしながら、日本社会はその後も長く長男家督相続の根っこを残していた。現在のように妻の相続権が二分の一に改正されたのは、それから三十三年後の昭和五十五年（一九八〇年）になる。

これは、女性に相続権のなかった時代に生まれた母ハルと娘の奈津子を縦糸に、ふたりに関わる人々を横糸にして織り上げた物語である。

＊＊＊

奈津子には父の記憶がない。

父、青木勝利は終戦後、戦地から無事に戻ったが、妻のハルが奈津子を出産して間もなく、流行病であっけなく逝ってしまった。青木家は現在の埼玉県川口市郊外の地主で、古めかしい母屋と土蔵が屋敷森に囲まれていた。すでに父の両親（奈津子の祖父母）も亡くなっていたため、長男家督相続に則って、奈津子の兄の俊彦が全財産を相続した。

勝利の死から一年も経たない昭和二十二年十二月、民法が改正され、妻や娘にも相続権が認められた。画期的な内容だったが、人々は戦後の食糧難を生き抜くことに精一杯で、民法改正に対する関心は薄かった。だから、若くして未亡人になったハルに「勝利さんがもう少し長生きしていれば、嫁のあんたも財産を相続できたのにねえ」などと言う人もいなかったし、ハルもまた、幼い俊彦に代わって夫の実家の土地を守り抜くことが残された自分の務めだと信じていた。

幸いにも貸している土地や田畑があったので、食べることには不自由しなかった。

悲惨だったのは、戦災で何もかも失った都会の人々だ。都市近郊の農村には、たくさんの人が大きなリュックを背負い、疲れた足を引きずりながら食糧の買い出しに来た。村人も気の毒に思い、何がしらの品物と交換に米や芋などの食糧を分けた。しかし、買い出しに来る人々は際限なく増え続けたし、中には畑の作物を盗むような輩もいて、村人は次第に彼らに冷淡になった。

ハルのところにも、ひっきりなしに大きなリュックを背負った人がやってくる。そんなある日、やつれてはいるものの、昔はさぞかし美しかっただろうと思われる婦人が訪れた。物腰や言葉遣いから育ちの良さが感じられた。縁側で風呂敷を広げると、震える手で幾重にも白布で包まれた絵を取り出した。

「これは我が家の家宝ですが、お米に換えてもらえないでしょうか」

何軒も回ったが断られたという。

「こちらが最後の頼みです、どうか……お願いいたします」

すがるような目をして深々と頭を下げた。ハルは黙って持てるだけの米や芋を包み、残っていた冷や飯を握って渡した。

「ハルさんも人がいいねえ。絵だの骨董だの、なんの役にも立たないのにさ」

「家宝なんて嘘っぱちに決まってるよ。都会もんは口がうまいからねえ」

近所の人は呆れてそう言うが、性分だから仕方がない。

受け取った品物は大切に土蔵に納め、「お家を再興して受け取りに来られるようになるまで、この品は大切に預かっておきましょうよ」と約束して帰すのが常だった。

土蔵にはそんなふうにして受け取った品が積み重ねられた。

後に、村を回ってきた骨董商に見てもらったところ、大半の品は価値がなかったが、くだんの夫人から預かった絵画は著名な画伯の作品とわかった。

「ぜひとも買い取らせてください」

骨董商は目を輝かせて、家が一軒建つほどの金額を口にしたが、「これは大切な預かりものですから」と断った。婦人が書き残していった住所に葉書を出したが、宛先不明で戻ってきた。ハルは仕方なく、もう一度丁寧に包み直し、土蔵の奥に大切にしまい込んだ。

＊＊＊

昭和三十年頃になると世の中は一変した。

「もはや戦後ではない」という言葉が巷《ちまた》に溢れ、人々の顔に生気がよみがえった。まだまだ貧しかったけれども、「一所懸命に働けば、明日はもっと良くなる」という希望が持てる時代が来た。

埼玉県川口市にも東北から鋳物工場で働く人たちがたくさん上京してきて、街は活気づいた。食べるものがあり、働くところがあれば、次に求めるのは住むところだ。ハルはコツコツと貯めていたお金で木賃アパートを建てた。これが当たり、暮らしにも余裕ができた。

「土地を売ってほしい」と言われることも増えたが、

「先祖代々の土地だし、今は長男のものですから」と断った。

銀行からは「お金は貸すからもっとアパートを建てないか」と言われたが、「『借金はするな』というのが、青木家の家訓なので」と嘘をついて断った。ご先祖様の土地を担保にしてお金を借り、慣れない事業を拡大することなど、嫁の身では怖くてできなかったし、その暇もなかった。

地主としての諸々の仕事だけでなく、地元の寄り合いや冠婚葬祭にも顔を出さなければならない。そうした役割を落ち度なく果たしながら、ふたりの子どもを育てるのは並大抵のことではない。義父母の時代から住み込みで働いてくれている老夫婦がいなかったら、とてもやりきれなかっただろう。

未熟児で生まれた奈津子には特に手がかかった。

赤ん坊の頃はしょっちゅう高熱を出し、夜中に近所の大村医院に駆け込んだ。ところが三歳を過ぎた頃から嘘のように丈夫になり、「青木の家には坊ちゃんがふたりいる」と言われるほどのお転婆娘に変貌した。

いつも兄の俊彦についてまわり、なんでも真似をした。木登り、川遊び、ザリガニ釣り、男の子たちがやることはなんでもやった。邪魔者扱いされてもめげない。やがて男の子たちも、奈津子がついてくるのを黙認するようになった。他の女の子のように虫や蛇を怖がらないし、転んでも泣かない。駆けっこや木登りも男の子たちに引けを取らなくなった。

ある時、隣村の悪童グループと縄張りを巡って喧嘩になり、逃げ遅れた俊彦が捕まって袋叩きにあった。他の子は逃げたが、奈津子はとって返すと「お兄ちゃんを離せ～っ」と叫びながら、猛然と隣村のガキ大将の足にむしゃぶりついていった。

「バカ、女は引っ込んでろ！」

振り払われて尻餅をついても、泥まみれになりながらまたむしゃぶりついていく。女を殴るわけにもいかず、最後には隣村のガキ大将もほとほと呆れ果て、「今日はコイツに免じて許してやる、さっさと帰れ」と俊彦を離した。

帰り道、俊彦はひとことも口をきかなかった。

服はあちこち破れ、顔や手足は血と泥にまみれている。

「お兄ちゃん、大丈夫？」

心配そうに寄ってきた奈津子の手を邪険に振り払った。

「もう二度と俺についてくるな！」

「どうして？」

「女は女らしくしてろ。こんなんじゃ嫁にもいけないぞ」

「奈津子、お嫁になんかいかないもん」

「馬鹿、勝手にしろ」

俊彦は追いすがる妹を振り払って駆け出した。妹に弱い自分を見られた上に、助けられたことが何よりも悔しかった。

その夜、奈津子は母の布団に潜り込み、昼間あったことを話した。

「ねえ、なんで女の子は男の子みたいにしちゃいけないの？　兄ちゃんは大人しくしてないとお嫁にいけないっていうけど、それだったらお嫁になんかいかない」

「お嫁さんになりたくないのなら、何になりたいんだい？」

「……わかんない。でも、男の子がなれるものなら、奈津子もなる！」

口をへの字にして言い張る娘に呆れたが、その一方でこの子なら本当にやるかもしれないとも思った。周りがなんと言おうと、「やる」と言ったことは必ずやり遂げる子だ。赤ん坊の頃に何度も死にかけた子が、こんなに強い娘に育ったことが嬉しかった。

ハルは頭を撫でながら優しく言った。

「なっちゃんはね、なんでも好きなものになれるよ」

奈津子の目がまん丸になった。

「本当に？」

「ああ、一所懸命勉強すれば、女だって何にだってなれる。これからはそういう世の中になるんだよ」

母の言葉が胸に染み込んだ。

まだ、自分が何になりたいのかはわからなかったけれど、「勉強すれば、何にでもなれるんだ」と思うと授業が楽しくなった。兄に拒絶され、男の子たちと一緒に外遊びができなくなったエネルギーが勉強に向けられた。奈津子には人並み外れた集中力がある。本の中に自分が知らない世界がたくさんあることを知ると、図書館にある本を片っ端から貪り読んだ。教師も驚くほど成績が上がり、同級生で奈津子に勝てる子はひとりもいなくなった。

小学校六年のとき、奈津子は母に言った。

「お母さん、私、お医者さんになる」

「えっ、看護婦さんじゃないの？」

「ううん、お医者さんになる」

ハルは驚いたが、自分たちの時代には叶わなかったことに挑戦しようとしている娘を応援しようと思った。奈津子の父は民法改正前に亡くなったため、奈津子には父の資産を相続する権利がない。ハルは、奈津子にできうる限りの教育を与えようと心に決めた。

＊　＊　＊

奈津子は高等女学校を首席で卒業し、東京の大学に進学した。

何かと本家のことに口を挟んでくる厄介な義弟、作次郎から「義姉さん、何を考えているんだ。女を大学にやるなんて縁遠くなるだけだぞ。まして歯学部だなんてどれだけ金がかかるか……。義姉さんは奈津子に甘すぎる」と意見されたが、ハルは聞き流した。

歯学部は男子学生が大半だったが、瓜生《うりゅう》弓子という生涯の友を得た。背が高く、浅黒い肌とくっきりした二重まぶたの奈津子とは対照的に、弓子は小柄で、抜けるような白い肌と切れ長の目をしている。女らしい外見とは裏腹に、明晰な頭脳と鋼のような強い意志の持ち主だった。奈津子にとって初めて本音で話せる女友だちであり、同志だった。

大学を卒業し、都内の歯科医院で勤務医として働きながら、奈津子は密かに独立開業を計画していた。現場の経験を積めば積むほど、歯科治療の理想と現実の違いを痛感したからだ。弓子も同じ思いであることがわかり、一緒に開業を目指すことになった。

「極論すれば、今の歯科医がやっていることの逆をやれば、患者さんは喜ぶと思うの」

「そうね。長い待ち時間、痛い治療、医者は威張っていて患者に丁寧な説明もしない。

待合室は無機質で、お世辞にも快適とは言えないし……。嫌われるのも無理ないわ。だから皆、痛みに耐えられなくなるまで来ないのよ」

そう思っても勤務医ではどうにもならない。しかも女医は男性医師より給料を低く抑えられ、意見を言えば「女のくせに生意気だ」と言われる。小間使いのように扱われることさえあった。

ふたりは自由になる時間のほとんどを、開業に向けての準備に費やした。夢中で話し合っているうちにしらじらと夜が明けていたこともある。しかし、独立開業への第一歩だと思うと疲れは吹っ飛んだ。どんなクリニックを目指すか、開業するエリアや必要な面積、開業費用も概《おおむ》ね固まった。

「開業資金以外で、私たちに足りないものは何かしら」

「うーん、経営の知識、それに経理や税務の専門知識ね」

「相談できる人を探しましょう。条件は？」

「専門知識と経験はもちろんだけど、男尊女卑じゃない人がいいわ」

「賛成。それだったら同世代の方がいいわね。あ、条件にぴったりな人がいる！」

奈津子の脳裏に浮かんだのは税理士の西園寺公介だった。母がアパート経営を始めた頃からお世話になっている税理士事務所の若手で、数年前に独立して東京・虎ノ門に事務所を構えたと聞いていた。

早速連絡を取り、三人で会った。

歯科クリニックの基本方針や開業プランを説明すると、西園寺は熱心にメモをとり、「一週間で提案をまとめてきます」と受け合ってくれた。

西園寺の助言は多岐にわたっていたが、特に「引退後の経済基盤を今から準備しておくべき」という話は、若いふたりの盲点を突くものだった。

「開業すれば、基本的に個人事業主です。自分のことは自分で守らなくてはならない。今から引退後の生活保障を作っておきましょう。そのキーワードは、長期、安全、確実、確定、手間なし、です」

ふたりは面食らったが、全くその通りだと思った。

西園寺はクリニックを法人化し、報酬は給与として受け取り、社会保険に加入することを提案した。

「法人化して厚生年金に加入しておけば、引退後は厚生年金を生涯受け取れます。厚生年金は国民年金の三倍くらいです。医者の年収からすれば雀の涙にしか思えないかもしれませんが、引退すれば収入はゼロです。年金は一生のことですから大事ですよ」

ふたりは顔を見合わせてうなずいた。

（この先生、いいわね！）のうなずきである。

独立開業の相談をすると、ほとんどの男は露骨に「女のくせに」という顔をする。そして「結婚して子どもができたら仕事を続けられないだろう」と言う。しかし、西園寺は違った。ふたりが生涯自立して働くことを当然のこととして助言してくれた。それが何よりも嬉しい。

西園寺は淡々と話を続けた。

「二つ目は個人としての対策です。それぞれ小規模企業共済に加入しましょう。一人毎月七万円ずつ積み立てると年間八四万円、三十年間で二五二〇万円になります。積立金は所得から控除されます。高額所得者には税制上有利ですし、国の制度ですから安全確実です。これは個人としての退職金になります」

「もう一つは法人としての退職金の準備ですが、これについてはクリニックの経営が軌道に乗った段階で改めてお話ししましょう」

西園寺はにっこり笑って付け加えた。

「おふたりが目指すクリニックの方針と計画を聞いて、『これは面白い、将来有望だ』と思いました。『痛みのない治療と快適な環境』、大賛成ですよ。それに『公平、平等、オープン』という経営方針も斬新だ。また、『虎ノ門に開業したい』とおっしゃっていましたが、慧眼《けいがん》です。私の事務所も虎ノ門だからよくわかる。このエリアは安定した需要があるのに歯科医院は少ないから、待合室はいつだって満杯です。実は今、私もいい歯科医院を探していたところです。おふたりが開業したら患者として通いますよ」

「大歓迎です！」、ふたりは声を揃えて言った。

「次にお会いするときまでに、信頼できる不動産仲介会社に条件に合う物件があるか、聞いてみましょう」

＊＊＊

頼もしいアドバイザーを得て開業計画は一気に進んだ。

ふたりが同額を出資して共同経営の法人を設立する。医院の名称もそれぞれの名前の頭文字をとって「NY歯科クリニック」とした。経理と税務は西園寺に一任し、顧問として定期的に会合を持ち、経営全般に対する助言をもらうことにした。

「これで百人力ね」

西園寺から紹介された不動産仲介会社が条件に合う物件を探してくれ、クリニックの開設場所も決まった。裏通りのビルの三階なので相場より賃料が安い。個人オーナーが所有するペンシルビルだが、築七年と比較的新しく、エントランスやトイレが広く綺麗なところが気に入った。待合室は女性が好むような洗練された内装にし、治療室も患者のプライバシーが保たれるよう配慮した。

計画が固まったところで、奈津子は母に報告した。

「すごいねえ、大したもんだよ。でも、相当お金がかかるんだろ？」

「貯金もあるし、残りは銀行から借りるつもりよ」

「母さんも応援するよ」

一カ月後、ハルから多額な金が送金されてきた。

「お母さん、どうやって工面したの、こんな大金」

母は父から財産を相続していないし、実家の資産管理はすでに兄が実権を握っている。自由になるお金がたくさんあるとは思えない。いぶかる奈津子に、ハルは、戦後、ある婦人が食糧と交換に置いていった絵画の話をした。

「そのときはこんなに価値のある品とは思わなかったんだよ。でもね、本物だった。本人に連絡しようとしたけど、音信不通でねえ。二十年待ったから、もうお金に換えてもいいだろうと思って骨董商に買い取ってもらったんだ。この話は俊彦には内緒だよ」

それでも足りない分は銀行から借りた。弓子が進んで保証人になってくれた。

弓子の実家は仙台市内で大きな病院を経営している。父親が院長兼理事長、ふたりの兄も医者という医者一家だ。弓子も「戻って来い」と言われていたが、頑として自分の考えを曲げなかった。両親も渋々開業を承知したという。

「地元に戻ったら公私ともにがんじがらめだもの。父も母も頭が古いのよ。『息子は医者にして、娘は医者に嫁がせる』っていう考えなの。姉は、両親に言われるままに医者に嫁いだけど、私は絶対に嫌だった。歯学部を目指したのも、そんな古い考えをひっくり返したかったからなの」

「私たち反逆児ね。私も、母に『医者になる』って言ったら、『えっ、看護婦さんじゃなくて？』って言われたわ。小さい頃、『女だって勉強すれば何にでもなれるんだよ』って言ってくれたのに」

「クリニックを成功させて、女だってできることを証明しましょうよ」

「もちろんだわ。弓子とならきっとできる！」

＊＊＊

開業して三年、「ＮＹ歯科クリニック」は軌道に乗り、開業資金として借りた金も近く完済できる見通しだ。

狙い通り患者の八割以上がＯＬだった。お洒落で心地よい待合室や、プライバシーに配慮した治療室、痛みの少ない治療と女医による丁寧な説明が女性の心をつかんだ。

彼女たちの間では「ＮＹ」を「ニューヨーク」と言い換えて、「ちょっとニューヨークまで行ってくるわ」がクリニックに行くときの合言葉になっている。

税理士の西園寺とは二カ月に一度、ランチをとりながら自由に話し合っている。

提案やアイディアを出すのはもっぱら奈津子だ。患者への丁寧な説明、待ち時間の少ない予約システム、待合室に流す音楽や雑誌の選択、スムーズな受付&会計やスタッフの制服のデザインに至るまで、実現したいアイディアが次々に湧いてくる。夢中になってふたりに説明しているうちに、どうすれば実現するか、自分で答えを出してしまうのが常だった。西園寺と弓子はそれがわかっていたから聞き役に徹した。

一方、奈津子は、弓子の技量や新しい治療を取り入れようとする意欲に一目置いている。治療方針や現場の判断、スタッフの教育などについては弓子の考えを全面的に支持した。

「経営は奈津子、治療は弓子、行司役が西園寺」という体制がごく自然にできあがった。それぞれが自分の守備範囲は責任を持って発言・実行し、それ以外は相手の意見を尊重して任せる。西園寺はこれまで多くの組織の経営を見てきたが、これほど息の合った共同経営を見たことがない。

ある日のミーティングで、珍しく弓子が経営について発言した。

「これまで報酬と利益を均等に配分してきたけれど、そろそろ実態に合わせましょう。奈津子が経営者で代表だもの、折半はおかしいわ」

「共同経営だし、出資比率も同じだからこのままでいいじゃない。それが最初からの約束でしょ」

西園寺は黙ってふたりの言い分を聞いていたが、意見が出尽くしたところで、

「このままでは平行線ですから、顧問としての意見を言います。実態と責任に合わせて、ふたりの報酬を六対四に変更しましょう。それでいいですね」

弓子が「賛成」と言うと、西園寺が間髪を入れず、「二対一で一件落着！」と断を下した。奈津子は苦笑いして従った。

次に西園寺が提案した。

「法人として一定の利益が内部留保されてきていますから、将来の退職金を準備しておきましょう。法人税法上の退職金は『月給×勤続年数×功績倍率』で決まります。仮に月額給与が二〇〇万円、勤続年数が三十年、功績倍率が二倍とすれば一億二〇〇〇万円です。退職金は特別控除があり、二分の一課税が適用されるので実質的な手取りは八割弱となります。これから会社としてふたり分の退職金二億四〇〇〇万円〜三億円を準備していきましょう」

ふたりとも一瞬、耳を疑った。

「そんな大金、私たちに準備できるのでしょうか」

「まるで魔法みたい」

西園寺は苦笑した。

「魔法でも奇策でもありませんよ。私はずっとクリニックの経営数値を見てきました。今まで通り、やるべきことをやっていけば、今のクリニックなら十分に可能な数字です」

「正直言ってほっとしました。収入が多くなるにつれて、半分近くを税金で取られてしまうのですもの。でも、先生の助言に従っていれば、安全確実に老後の資金ができる。そう思うと、なんの心配もなく日々の仕事に専念できます」

奈津子、弓子、そして西園寺。三人のプロが「公平、平等、オープン」をモットーに力を合わせて運営するNY歯科クリニックは、業界でも非常にユニークな存在になった。

捌《さば》き切れないほど予約が殺到するようになったため、隣接するスペースを借り増してスタッフも増やし、母校から研修医も受け入れた。「ぜひ、ここで働きたい、学びたい」という優秀な女医の卵が集まってきた。彼女たちの成長のため、弓子はすべてをオープンにして厳しく指導した。スタッフは全員が女性だったが、女としての甘えは許さなかった。弓子が率先して規範を示したため、誰も文句は言えなかった。

ふたりは経験豊富で優秀なスタッフこそクリニックの財産と考え、女性が結婚や出産で辞めなくても済むように柔軟な勤務体制を作った。こうした配慮は当時としては極めて珍しく、女性スタッフに大変喜ばれた。

開業六年目、定例のランチミーティングで、弓子がアメリカのペンシルベニア大学が主催する六カ月間の研修に参加したいと申し出た。

「新しい知識や技術を学びたいの。もちろん自費で行くわ」

弓子が半年いなくなるのは大打撃だが、奈津子は快諾した。どんなに奈津子が大変になるか、一番よくわかっているのは弓子だ。それを承知の上で言い出したのだから、よほど強い思いがあるのだろう。

「行ってらっしゃい。代診を探すから大丈夫。最新の医療を学んできて」

揉めたのは経費のことだ。

弓子は「休暇をとって自費で行く」と言い張り、奈津子は「会社の経費にする」と言って一歩も引かない。

黙って聞いていた西園寺がきっぱり言った。

「これはクリニックを発展させるための投資です。会社の出向として、研修費はもちろん、全額を会社が負担し、研修期間中の給料も払うのが妥当です」

すかさず、奈津子が「賛成！　二対一で一件落着」と西園寺のお株を奪った。

米国での研修は充実した時間だったようだ。

弓子は帰国すると、米国で学んだ先端医療を積極的に治療に取り入れていった。虫歯を予防する定期的なクリーニング、神経を抜かず、歯を長持ちさせる治療、歯周病の予防など、当時としては一歩先をいく試みであり、他の医院との差別化にもなった。

研修で指導を受けたペンシルベニア大学のコーネル教授とは、その後も連絡を取り合っている。コーネル教授は、アジアから単身で自分の研修に参加した瓜生弓子の意欲と、彼女が研修中に見せた高い技量に感銘を受けた。「弓子、またここに戻ってきなさい。私は君をいつでも歓迎する」、研修最終日、教授が言った言葉が弓子の支えになった。

「投資成果は十二分にあったわね」と奈津子が言ったとき、

「まだまだ学ぶことはたくさんあるわ。これからも研修に参加するつもりよ」

躊躇《ためら》いなくそう答えたのも、コーネル教授との出会いがあったからだ。

「ええ、もちろんよ。定期的に参加してちょうだい。私はそれができる体制を作るわ」

弓子の海外研修の成果を見て、奈津子は人と頭脳に積極的に投資することの重要性を実感し、経営者としての器と視野が広がった。弓子は弓子で次の目標ができ、ますます充実した気持ちで治療に当たるようになった。

そんなふうにして、ふたりは独身のまま三十二歳を迎えた。

＊＊＊

ぽっかりと目が覚めた。こんな気持ちの良い目覚めは年に何回かしかない。こういう日はきっと良いことがある。

奈津子は鮮やかなピンクのブラウスを選び出した。

ウキウキした気分は周りにも伝わるらしい。出勤してきたスタッフから「奈津子先生、今日はデートですか」と冷やかされたり、弓子まで目を見張って「あらら、何かあった？　とっても綺麗よ」と笑いかけてくる。

周りからは「冷たいほど理知的」と思われている奈津子だが、実は自分の感性や直感を信じている。その日の午後、患者の坂下稔から突然コンサートのチケットを渡され、「一緒に行きませんか」と誘われたとき、あっさりと承知したのもそんな日だったからだ。

むしろ、誘った稔の方が面食らって、「本当にいいんですか、来てくれるんですか」と聞き返したほどだ。

少し遅れて到着したコンサート会場はすでに熱気に包まれていた。ちょうど前座の日本人のバンドの演奏が終わったところだった。初来日の黒人ジャズシンガーがステージに現れると、割れんばかりの拍手が会場を揺るがした。次の瞬間、静まり返った会場に衝撃波のように響き渡る演奏と深く豊かな歌声に、観客は圧倒された。

奈津子もまた圧倒的な歌唱力に陶酔し、隣に稔がいることさえ忘れた。三度にわたるアンコールが終わって会場が明るくなっても、観客の大半は立ち上がらず、余韻に浸っていた。

「奈津子さん、奈津子さん」

稔に声をかけられ、やっと我に返った。このまま帰るのはもったいない気持ちになり、誘われるまま一緒に食事をした。稔の行きつけの家庭的な洋食屋で、コンサートの感動を語り合ううちに、すっかり打ち解けて話している自分に、奈津子はちょっと驚いた。

「今日は本当に楽しかったわ。ありがとうございます。でも、よくチケットが手に入りましたわね」

「受付の女性から奈津子先生が好きなシンガーだと聞いたんで、音楽関係の友人を拝み倒してやっと手に入れたのです。相当、頑張りました」

その言い方が面白くて、思わずクスリと笑った。

「いいなあ、その笑い顔。クリニックじゃなかなか見ることができないものなあ」

「そうですか？　私、そんなに怖い顔をしています？」

「怖い、怖い。今日、コンサートに誘ったときも緊張して膝が震えていました」

下心があれば、「もう一軒呑みに行きましょう」となるところだろうが、稔は「また、お誘いしていいですか」と聞いただけで駅まで奈津子を送ってくれた。反対側のホームで、こちらに向かって子どものように大きく手を振っている姿が好ましかった。

＊＊＊

周りは奈津子のことを独身主義とか、男嫌いと思っているが、そんなことはない。これまでに好きになった人や付き合った人は何人かいたし、プロポーズされたこともある。

しかし、「仕事か家庭か」と迫られると腰が引けた。「結婚しても仕事を続ける」と言うと、大概の男は判で押したように「でも、子どもができたら家庭に入ってくれるよね」と言う。

ジ・エンド。

まあ、そんなわけでまだ独身なのだが、後悔はしていない。

クリニックも軌道に乗り、毎日が充実している。

近くに賃貸マンションを借りたので、歩いて二十分、自転車を飛ばせば五〜六分だ。ハルは家賃を聞いて驚き、「毎月そんなに払うくらいなら、郊外だったら一軒家だって買えるだろうに」と言うが、奈津子にはお金より時間が大事だった。

クリニックの開業当初は同業者の嫌がらせや妨害もあった。男性患者からセクハラまがいの言動を受けたこともある。さらりと受け流してはきたが、なかなか変わらない男性社会に腹の立つこともしばしばあった。

だが、その悔しさをバネに、弓子とふたりでいろいろな工夫をし、従来にないクリニックを作り上げてきた。今では経営そのものにも興味がある。医師の多くは経営感覚が乏しい。だからこそ改革の余地が残されており、そこが面白い。勉強したいことや、やりたいことはどんどん増える。どんなに時間があっても足りないほどだった。

これほどやり甲斐のある仕事を捨てて家庭に入り、専業主婦になるなんて考えられなかった。第一、これまでの努力が水泡に帰してしまう。男は自分がビジネスをしているくせに、なぜ、そういう気持ちがわからないのだろう?

ハルは仕事一途の娘が気がかりで、時々電話をよこす。

「お前が頑張っていることはよくわかっているけれど、もう三十二歳だろ。お付き合いしている人とか、いないのかい」

「またその話? 『これからは、女だって家に縛られずに生きていける、なんだって好きなものになれるんだよ』って言っていたくせに」

「でもねえ、うかうかしていると子どもだって産めなくなるよ。奈津子が忙しくて育てられないんだったら、私が育ててあげるから」

そんな会話を何度交わしたことだろう。

最後はハルがため息をついて「でもまあ、身体だけは大事にしておくれよ」と言い、「母さんこそ」と電話を切るのが常だった。

＊＊＊

稔からはそれからも何度か映画や食事に誘われた。

特に進展はなく、気の合う友人同士といった感じの付き合いだったが、だからこそ気兼ねのない会話が楽しめた。

「いつも奢ってもらうばかりでは気が重いので、今日は私に持たせてください」

「あ、そうですか。では今日はご馳走になります」

なんのこだわりもなくそう言えるところが、他の男たちとは違う。

ホームで手を振って別れていたのが、いつしか握手に変わり、「奈津子先生」、「坂下さん」から「奈津子さん」、「稔さん」と呼び合うようになると、話題はそれぞれの仕事や家族のことにも及ぶようになった。奈津子は稔の誘いを心待ちするようになった。

稔は三歳年下だった。大学の理工学部を卒業し、有名化粧品メーカーの研究室で最年少の主任研究員に抜擢された。

「社内には綺麗な女性がたくさんいらっしゃるんでしょ。稔さんは優しいから、いろいろな方からアプローチされるんじゃないの」

からかい半分に言うと、

「女性は化粧でああも見事に化けるものかと感心してしまいます。でも、母が大変な美人だったので、正直言って化粧美人を見てもなんとも思いませんね」

(まあ、この人、マザコンかしら?)

奈津子の心の内を読むように、

「いや、僕はマザコンじゃありません。母は僕が七歳のとき、死にました。まだ二十五歳だったのです。誰もが振り向くような美人でしたが、いつも哀しそうだった。僕は、好きな人に母のような人生を歩んでもらいたくない」

稔の母は、女学校の頃、ひとまわり以上も年上の父に見染められ、坂下家に嫁いだと言う。代々県議会議長などを輩出してきた地元の名家で、稔の父も県庁に勤めたのちに政界入りし、今は県会議員だそうだ。

「母は、女学校を卒業したら、奈良女子高等師範に進んで教師になりたいと思っていたそうです。しかし、両親や親戚が玉の輿《こし》の縁談に有頂天で、母の気持ちなど全く聞いてくれなかったのです」

すぐに稔が生まれ、翌年には弟が生まれた。父は子どもができると、あれほど執着した美貌の妻への関心は薄れ、外に愛人を囲った。地元の名士で政治家ならば、愛人のひとりやふたり、いるのが当たり前という時代だった。父は好き放題に遊んだが、母が外出することは極度に嫌った。

「わがままな父でした。母のことをただ美しいだけで、心も人格もない床の間の置物のように扱っていた。母は籠の鳥でした」

「お母様、可哀想に……」

「僕はよくひっそりと泣いている母の姿を見て、父を憎く思いました。しかし、母は父に抗うこともなく、厳格な祖父母にひたすら仕え、三度目のお産で赤ん坊共々亡くなりました。そのときも父はいなかった……」

稔がこれほど赤裸々に家族のことを話すのは初めてだった。相槌を打つことさえ忘れて聞き入っている奈津子に、稔はいつになく強い視線を当てた。そして、言った。

「僕が奈津子さんに惹かれたのは、母にはなかった強さを感じたからです。女性であっても自分自身で道を切り拓いてきた。素敵な人だと思いました。話せば話すほど、その思いが強くなります。奈津子さんは、僕が生涯をともに暮らしたいと思った初めての人です。僕と結婚してもらえますか」

突然のプロポーズに奈津子は息を呑んだ。

「仕事は続けてください。家庭のことは一緒にやっていくつもりです」

「私は三つも歳上ですよ」

「それがどうしたっていうんです？」

「料理も不得意です」

「僕がうまくなります」

「もし子どもができても、仕事は続けます」

「当然です。承知しています。他に質問は？」

「稔さんはご長男でしょ。いずれ地元に戻って家を継ぐのでしょう？　私はクリニックを辞めてついていくことはできません」

「そのことなら心配ありません。父とは縁を切りました。……というか、『家を継ぐ気はない、父さんの地盤をついで政治家になるつもりも全くない』と言ったら、激怒した父から勘当を申し渡されました。僕はすべての権利を放棄したから、弟が家を継ぐことになるでしょう。他には？」

「正直言って妻や母である前に、私は医者としてやりたいことがたくさんあるのです」

「同じ仕事人として、あなたの仕事に対する責任感の強さを尊敬しています。僕は父のように、女性を自分の持ち物のように扱う男が大嫌いです。結婚する相手とは、対等な人間として力を合わせて生きていきたい。それが僕の結婚観です。他には？」

「……」

「本当に何も変わらなくていいのです。このままの奈津子さんが好きですから。暮らしてみて何か問題が起こったら、ふたりで話し合って解決していきましょう。何も世の中の常識に合わせる必要はない。他に質問がなければ、結婚すると言ってください」

　普段は優しい稔が直球で勝負してきた。その一つ一つの言葉が心に響く。奈津子は直感に従ってプロポーズを受けた。

＊＊＊

ハルは突然の結婚話に大喜びしたが、その内容には面食らった。

籍は入れるが、仰々しい結婚式はせず、親しい友人や同僚との簡素な宴で済ます。双方の実家には報告に帰るので、そのときにお披露目がてら身内で会食をしたい。

兄の俊彦はそれを聞いて「非常識極まりない」と呆れ、「奈津子のやつ、とんでもない男に引っかかったんじゃないか」と言い出した。

心配になって上京したハルに、奈津子は坂下稔を紹介した。

稔は自分の家庭の事情なども洗いざらい打ち明けて、自分の結婚観や、奈津子とどんな家庭を築いていきたいかを訥々《とつとつ》と、しかし、真剣に語った。ハルの世代では考えられない結婚観であり、夫婦の形だったが、話の節々から奈津子を心から大切に思っていることや、誠実な人柄であることはじんじんと伝わってきた。

ハルが奈津子の家に滞在している間、毎晩、稔は晩飯をともにして、どんな質問にも率直に答えた。

「男としてはちょっと変わっていると思うけれど、人間としては上等だよ」

「お母さんもそう思う？」

「話をしているうちに稔さんのことを好きになったよ。お前がちょっと羨ましい」

奈津子はプッと吹き出した。

「それ、稔さんに言っておくわ。きっと喜ぶと思う」

兄の俊彦は「オールドミスの女医と結婚するなんて、金目当てのろくでなしさ」など蔑《さげす》んでいたが、稔が県会議員の息子であり、自分より数段レベルの高い大学を出て有名企業に勤めていると聞くと押し黙った。

ハルや奈津子と違い、俊彦は家柄や学歴、肩書きで人を評価し、目先の損得で物事を判断する。目に見えるものしか見えないのだ。人の中身や内面を見ようとせず、人間の真の価値を理解できない俊彦に何を言っても虚しい。ハルはため息をついた。

「いずれにしても、奈津子は一度決めたことはなんとしてもやり遂げる子だもの、止めたって止まりはしない。私は賛成してきましたよ」

＊＊＊

奈津子と稔のちょっと風変わりな結婚生活がスタートした。

朝食は早く起きた方が作る。夕食は外で待ち合わせて食べるか、早く帰った方が作る。洗濯や掃除は手が空いている方がする、といった具合だ。

「稔さんも台所に立つのかい？　あんたの話を聞いていると、どっちが奥さんかわからないよ」

「そうなのよ。ごく自然に家のことをやってくれるの。料理なんて私よりうまいくらい。毎日が楽しくて楽しくて……」などと、ヌケヌケと惚気《のろけ》る娘に呆れながら、

「それが当たり前のことだと思ったらバチが当たるよ。稔さんを大事にしなさいよ」

「もちろんよ！」

奈津子の弾んだ声に幸せが滲んでいた。

ふたりは、どちらの職場にも近い港区の高級賃貸マンションに引っ越した。

日本は右肩上がりの好景気が続いている。都内の不動産は急激に値上がりしており、皆、競い合うように土地やマンションを購入していた。奈津子夫婦のような高額所得者には不動産投資や高級マンションの勧誘が引きも切らなかったが、ふたりとも不動産を所有することや投資などの儲け話には関心がなかった。

「自分が納得のいく仕事で報酬を得て、ふたりの暮らしを充実させる」。それだけで十分満足だった。不労所得で多額な利益を得れば、本業が疎《おろそ》かになる。それに時間が割かれ、自分のやるべき仕事に専念できなくなる、それも怖い。

「土地に縛られず、世間の常識にも縛られずに、自由に生きていこう」という点で、ふたりの考えは完全に一致している。

その軸はバブルの只中でもいささかも揺るがなかった。執着心や所有欲は故郷に捨ててきた、ふたりらしい基軸だった。住まいも、家族の状況や収入に応じて賃貸を住み替えていけばいい、と考えている。

＊＊＊

一方、川口の実家では、兄の俊彦が好景気に乗じて不動産事業を拡大していた。

俊彦は大学を卒業すると、いったんは地元の企業に就職して営業の仕事をしていたが、一年で辞めてしまった。無理難題を言う客にペコペコ頭を下げたり、上司にアゴでこき使われるのが我慢ならなかった。しかも、新入社員の給料は実家の不動産収入の十分の一足らず。「サラリーマンなど馬鹿馬鹿しくてやっていられるか」というわけだ。

青木家の資産はすでに俊彦がすべて相続している。母に代わって実家の不動産管理会社の社長に就任し、若くして多額な報酬と立派な肩書きを得た。報酬や肩書きに見合う仕事はしていなかったが、青年実業家然として振る舞った。

気前よく金を使うので女性にもモテたし、取り巻きも多い。次第にそれが自分の力だと思い込むようになった。

当初は所有する土地にアパートを建てていたが、やがてハルに内緒でマンション投資やビル投資にも手を出すようになった。お先棒を担いで投資を煽《あお》ったのは、厄介叔父の作次郎だ。毎晩のように地元の不動産業者や、銀行、信用金庫の接待の席を設けて俊彦を呼び出し、自分もちゃっかり便乗して二軒三軒と飲み歩く。

投資話がまとまれば、口利き料としてかなりの額の礼金が作次郎の懐に入る。

「なあ、俊彦、これは絶好のチャンスだぞ。ねえ、支店長」

「そうですとも。青木社長にならウチはいくらでも融資させていただきますよ」

「佐藤さん、それでどうなのよ、いい物件があるって言っていただろう?」

作次郎は、不動産業者の佐藤に目配せした。

「ええ、ええ、値上がり間違いない優良物件です、いや、ほんとに。どうしても欲しいというお客さんが何人もいるんですが、作次郎さんにきつく言われましてね、青木の坊ちゃんのために押さえてあるんですよ」

「坊ちゃんはやめてくれよ。もう、子どもじゃないんだから」

「これは失礼。小さい頃から存じ上げてましたんで、つい……」

佐藤はつるりと顔を撫でて、

「今や名実ともに青木家のご当主で、社長さんですものねえ。お美しい奥様をもらわれるわ、事業はどんどん発展するわ、子宝は授かるわ、本当にやることなすこと大当たりで……」

支店長も如才なく話を合わせる。融資の多寡《たか》で出世が決まるのだから必死だ。

「私も披露宴にお招きいただきましたが、本当にお似合いの美男美女で。奥様の冨美子さんは大地主の坂田家のお嬢様だそうですねえ。新婚旅行はヨーロッパだったとか。さすがに豪勢なものだと、皆、噂しておりました。この周辺の土地もどんどん値上がりしていますから、地主の皆様はなんの心配もありません。当行も皆様方のために、東京から講師の先生を招いて土地活用の講演会を開いたところです。これが盛会でして、すぐに何件か投資案件が決まったほどです」

年上で地位も高い連中に、社長、社長とおだて上げられ、俊彦は気分がよかった。

「まあ、考えておきましょう。なんと言っても億単位の投資ですからね」

「俊彦、何を悠長なことを言っているんだ。こういうときは先手必勝だぞ。お前は青木家の当主で、社長だろうが」

二軒目、三軒目と飲み歩くうちに酔いも回り、気が大きくなった俊彦はマンション投資を承諾していた。

翌朝、二日酔いに顔をしかめながら、昨晩の話を思い返していた。

「いくらなんでもまずかったかな。調べもしないで二億円のマンション投資を承知するなんて。叔父貴たちの口車に乗せられたような気がするなあ……」

不安が募ってきたが、「いや、まだ、契約書に判を押したわけじゃないし。気が変わった、やはり断ると言えばいいんだ」と思い直していた。

作次郎叔父は、そんな俊彦の思惑などとっくにお見通しだった。

……まず、不動産業者の佐藤に物件を案内させてから、事務所に連れ込んで事業の収支計画を俊彦に説明させる。なに、事業収支などいくらでも都合よく作れるさ。「もっと高い金額で、すぐ欲しいという客が現れた」とでも言って契約を急がせればいい。それでも渋ったら、「ここまで面倒みてやったのに、俺の面子《めんつ》を潰す気か」と凄んでみせよう。

そうだ、最後は義姉さんにこの話を漏らせばいい。義姉さんはきっと止めるに違いない。そうなればしめたものだ。「お前は青木家の当主で社長なのに、母親に反対されたら何ひとつ決断できないのか」とでも言えば、俊彦のことだ、意地を張って判を押すさ。

作次郎は、死んだ兄や義姉のハルに恨みを抱いていた。

幼い頃から長男ばかり大事にされ、次男の自分はいつも蔑《ないがし》ろにされてきた。兄が急死したときは、義姉のハルと結婚して青木家を継げるのではないかと期待した。しかし、ハルが拒否し、俊彦が全財産を継ぐことになった。親戚一同がそれを許したのは、作次郎の素行が本家の当主としてふさわしくなかったからだったが、密かに義姉を慕っていた作次郎は、自分を拒絶したハルに対する恨みを募らせた。

俊彦を利用して義姉さんに復讐してやる……。

作次郎は、俊彦が中学生の頃から悪所に連れ出してはいろいろ悪い遊びを教えた。ハルは何度も「やめてください」と懇願したが、「女親にはできないことを、兄貴に代わって俺が教えてやっているんだ」と言って押し通した。そして、俊彦に母親への反抗心を植えつけていった。

姪の奈津子は小さい頃から作次郎には懐かなかった。直感の鋭い子だったので、本能的に作次郎の歪んだ性格を見抜いたのかもしれない。作次郎はその仕返しに「奈津子はお前を馬鹿にしているぞ」と俊彦に吹き込んだ。嘘も一〇〇回繰り返せば、真実に聞こえるようになる。年を経るほどに、兄妹の溝は容易には埋まらないほど広がっていった。

＊＊＊

日本がバブル経済に突入すると、俊彦の暴走に歯止めがかからなくなった。

最初に二億円のマンションの売買契約書に捺印するときは手が震えた。しかし、その物件がうまく回ると、次からは簡単だった。叔父や不動産業者の佐藤に勧められるまま、物件も見ずに契約することもある。表面上の利益は急拡大したが、借入金はそれ以上の勢いで膨らんでいった。

ハルは懸命に止めたが、「母さんの考え方は時代遅れだ」、「周りの地主も皆やっているんだから」と笑い飛ばした。事実、妻の冨美子の実家も不動産投資を拡大していた。俊彦だけでなく、ほとんどの地主には薔薇色の未来しか見えていなかった。

俊彦はライオンズクラブに入会し、外車を乗り回し、名門ゴルフ場に通い、年二回は家族で海外旅行に行った。冨美子も「自分たちは特権階級だ」という意識が強く、贅沢な暮らしを当たり前のように受け止めていた。

奈津子は兄夫婦とはほとんど交流はなかったが、母から話は聞いていた。

結婚の報告に実家に戻ったとき、義姉の冨美子とふたりきりになったことがある。いかにも兄の好きそうな派手な感じの美人だったが、会話が弾む相手ではなかった。

「奈津子さん、東京でご活躍ですってね。羨ましいわ。お義母さんから耳が痛くなるほど聞かされているのよ」

大仰な褒め言葉にもトゲがある。

「小さなクリニックですが、やっと軌道に乗りました」と言うと、

「まあ、謙遜なんてしなくていいのよ。私の一族にもお医者様がいますし」と、ひとしきり実家の自慢話を聞かされた。奈津子はどう相槌を打っていいのか、わからない。振り返れば、昔からこうした女同士の会話は苦手だった。

女同士の会話には暗黙のルールがある。

例えば、相手が褒めたら謙遜してみせる。相手が自慢話をしたら、取りあえず、「まあ、羨ましい」と言う。相手が謙遜したら「そんなことはない」と否定して褒めちぎるのが、女同士の〝お約束〟だ。

奈津子はそれが苦手だった。ビジネスの話ならいくらでも話せるのだが……。

すぐに話題に詰まり、「義姉さんはどんな趣味をお持ちですか」と話を向けた。

「お茶とかお花とか、一通りのことは修めましたけれどね、こんな田舎でも私のような立場だと、やれ婦人会の会長とか、ＰＴＡの役員とか、いろいろな役職が持ち込まれて忙しくて、忙しくて……」

冨美子は思い入れたっぷりにため息をついてみせたが、〝お約束〟通りの言葉が返ってこない。苛立った冨美子は嫌味たっぷりに言った。

「奈津子さんはさぞかし高尚な趣味をお持ちでしょうねえ。私たちと違って都会暮らしですもの」

「暇ができると走っています。走ることが好きなので」

その言葉を裏付けるように、奈津子は引き締まった身体をしている。美貌では冨美子の方が数段上なのに、なぜか奈津子のオーラに圧倒されてしまう。だから、この義妹が嫌いだ。夫の俊彦も妹のことを決して良く言わないくせに、冨美子が奈津子をけなすと不機嫌になる。それもまた癪《しゃく》の種だった。

奈津子もまた、兄と兄嫁が自分とは別な世界と価値観に生きていることを実感し、実家から足が遠のいた。

一方、ハルからはよく電話がかかってくる。

「俊彦ったら、私には帳簿も見せてくれないんだよ」とか、「冨美子は私を避けているんだ。この間もね……」と愚痴が続く。

嫁姑の仲は最初から良くはなかったが、ますます悪化しているようだった。

戦中戦後を必死で生き抜いてきたハルと、お嬢様育ちで派手好き、遊び好きな冨美子がうまくいくはずがない。孫たちが小さい頃はハルに懐いていて、それが救いだったが、今では冨美子の影響を受けて口も聞かなくなったとこぼす。

家族で海外旅行にも行くときも「お義母様は、長時間の飛行機はお疲れになるでしょうから」などと言われて、いつも留守番役だと言う。

「それなら、その間、ウチに来ればいいじゃない。三人で美味しいものを食べに行きましょうよ。稔さん、早くに母親を亡くしているから、『お母さん』って呼べる人ができて嬉しいみたいなの」

奈津子の家は居心地がよかった。

ただ、何もかもシンプルでコンパクトにできていて、掃除もあっという間に終わってしまう。ふたりが仕事でいない間、暇を持て余したハルは料理を作ることにした。

「毎日外食じゃもったいないからね、冷蔵庫にあるもので作ってみたよ」

恐る恐る出した田舎料理を、稔は「美味しい、実に美味しいです。こういう味に飢えてたんですよ」と大喜びで平らげた。それからは、奈津子の家に来るたびに自分の畑で朝採りした野菜を持ってきて、手料理を振る舞うようになった。

奈津子三十五歳、稔三十二歳のとき、長女の優香が生まれた。

パートナーの弓子も支えてくれたし、スタッフも全員女性だったので妊娠、出産、育児にも知識や理解がある。優香を連れて出勤すれば、スタッフが交代で世話をしてくれた。住まいが近いことも仕事と子育ての両立に役立った。

一番大変な三カ月間はハルが泊まり込んでくれた。稔もほぼ毎日定時に帰り、ハルに教えてもらいながら、おしめを替えたり、風呂に入れた。

ハルはすっかり感心して言ったものだ。

「男の人に何かを教えたのは人生で初めてだよ。稔さんに『お義母さん、ありがとう』って言われたときは涙が出てきちゃった。男の人から『ありがとう』って言われるだけで、こんなに嬉しくなるなんて不思議だね。でも、お父さんは早く死んでしまったし、私らの時代は男親が子育てを手伝うこともなかったから、稔さんには本当に驚いたよ」

仕事が忙しいときはベビーシッターや家政婦を頼んだ。その費用が相当な額になろうと、専業主婦の知人から「よく他人に子どもを任せられるわね」などと嫌味を言われようと、意に介さなかった。

ただ、やはり一番安心して任せられるのは母だった。

「いっそのこと、こっちで私たちと暮らさない？」と言ったが、

「そんなことをしたら、俊彦が親を追い出したって言われて、長男としての立場がな

くなるじゃないか」と庇《かば》いだてをする。

だが、孫の優香に会いたくて、泊まりがけで遊びに来る回数は増えた。優香も
「ばーたん、ばーたん」と懐いたからなおさらだ。

「優香のためにもそろそろ庭付きの家を買ったらどうだい？　コンクリートの箱じゃ子どもが可哀想だよ。それに賃貸じゃ資産にならないけれど、土地建物は一生の資産になるのにもったいないじゃないか」

「家にせよ、クリニックにせよ、いったん不動産を所有してしまったら簡単には動けなくなるわ。賃貸なら、その時々で一番いい場所に必要な面積を借りられるもの。これからどんな時代になるかわからないのだから、いつも身軽でいたいのよ」

土地を守って生きてきたハルには納得できない考えだったが、土地にも世間体にも縛られず、自由にのびのびと生きている娘が羨ましくも思える。

＊＊＊

一九九一年にバブルが崩壊した。

地価も株価も大暴落し、日本経済は未曾有《みぞう》の大混乱に陥った。

俊彦の事業も窮地に追い込まれた。

金融機関の態度は一変し、支店長も交代して莫大な借入金の返済を迫られた。金の切れ目が縁の切れ目とばかり、取り巻きは見事なほどいっせいに去り、叔父の作次郎も姿をくらました。

窮した俊彦は奈津子に借金を申し込んだが、きっぱりと断られた。

「冷たいヤツだ。これから何があっても助けてやらんぞ！」

俊彦の捨て台詞に、「今まで一度だって助けてくれたことなんかないくせに」と憤然として受話器を置いた。

でも、あの見栄っ張りで高慢な兄が、よりによって私に借金を申し入れてきたなんて、本当に切羽詰まった状態なのだろう。実家の家屋敷や土地はすべて兄のものだし、どうしようとどうなろうと関係ないが、母のことが心配だった。

奈津子は西園寺税理士に連絡し、兄が借金を返済できなくなった場合、母にも返済義務が及ぶか確かめた。西園寺は以前、実家の税務をみていたので内情に詳しい。

「お父様が亡くなられたのは旧民法の時代でしたから、お母様や奈津子さんに相続権がありませんでした。それが今となっては幸いでした。お兄様の借金がおふたりに降りかかってくることはありませんよ」

ちなみに、現在の民法では、相続放棄しない限り、子ども全員が親の借金も相続することになる。また、たとえば、長男が親からビルを相続し、他の兄弟は三〇〇万円ずつ相続した場合、長男のビル経営が破綻すると、他の兄弟が借金の保証人になっていなくても金融機関の取り立ては他の兄弟にも及ぶ。借金というのは、それほどに恐ろしいものだ。

話を戻そう。

バブル崩壊の影響は広範囲に及んだ。

奈津子の同業者にも大損害を被って青くなっている人がたくさんいた。

奈津子たちは不動産投資や株式投資とは無縁だったので直接の被害はなかったが、稔の会社の業績やクリニックの経営には少なからず影響が出るものと思われた。

この景気低迷は相当に長引くと直感した奈津子は、固定費削減のためクリニックの移転を考えた。固定した患者がついているし、引っ越し費用などもビルの保証金で賄えるはずだ。ビル仲介会社からも割安な移転先の提案が数件あった。

定例のランチミーティングでクリニックの移転を提案したところ、西園寺は「移転を決める前に、入居しているビルのオーナーに移転の話をしてごらんなさい。移転せずにコスト削減ができるかもしれませんよ」と謎めいたことを言う。

助言に従ったところ、ビルオーナーは顔色を変えて「賃料は下げるから、ぜひとも残っていただきたい」と頭を下げた。テナントが退去すると、オーナーは預かっていた保証金を返還しなければならない。当時の保証金は賃料の二十〜二十四カ月分という莫大な額だった。多くの場合、ビルオーナーは保証金を再投資に回したり、使ってしまっているから返還する金がない。しかも、この状況ではいったん空室が出ると、新しいテナントを探すのは非常に難しい。

NY歯科クリニックは優良テナントだったから、オーナーは「退去されるよりは、賃料を減額してでも残ってもらう方が得策だ」と判断したのだ。

奈津子たちはオーナーの提案を受け入れ、移転せずに固定費を削減して収益の減少分を補うことができた。

この一件で、奈津子は不動産事業がさまざまなリスクを孕《はら》んでいることを目の当たりにし、兄も苦境に陥っているだろうと思った。テナントから預かった保証金を内部留保しておくような人ではない。あればあるだけ派手に使ってしまう人だ。

思った通り、兄の不動産事業は破綻し、借金取りが自宅まで押し寄せるようになった。俊彦と富美子は助け合うどころか罵り合う始末で、ハルはいたたまれない状況に追い込まれていた。

奈津子は稔に実家の状況を話し、母を引き取りたいと言った。

「僕はいいよ、全然問題ない。優香もきっと喜ぶよ。でも、もう少し広いところに引っ越そう」

＊＊＊

奈津子たちは同じマンションの一階の広い部屋に引っ越し、庭に面した一部屋をハルの部屋に決めた。

このマンションはオーナーが等価交換事業で建てたもので、一階にオーナー家族が住んでいた。元の庭を生かし、戸建てのように設えた贅沢なつくりだったが、バブル崩壊後、オーナーの事業が窮地に陥り、マンションの持ち分を外資系ファンドに売却して出ていった。

外資系ファンドのプロパティマネジメント会社が借り手を募集していたが、バブル崩壊で高額な家賃を負担できる人は激減していた上に、手入れが大変な広い庭やオーナー仕様の凝ったつくりが災いし、半年以上も問い合わせさえなかったそうだ。

奈津子たちの申し出は渡りに舟であり、家賃も大幅に減額してくれた。

ハルはわずかな荷物を持ってやってきた。心労ですっかり老い込み、体もひとまわり小さくなっていた。

「外に出した子にこんなによくしてもらえるなんて、思いもよらなかったよ。稔さんにもすっかりお世話をかけて。本当にありがたいことで……」

涙ぐんで何度も頭を下げたが、結果としてみれば、ハルの同居は家族全員にとっていいことばかりだった。

稔は研究室の室長になり、残業や接待が増えていた。出世を望んでいたわけではないが、誠実な人柄が上司や取引先に信頼され、部下からも慕われて責任ある立場に押し上げられた。

奈津子もまたクリニックの仕事で忙しい。ハルは不在の多いふたりに代わって家事を手際よくこなし、目に入れても痛くない孫の面倒をみた。働き者のハルにとってこの程度のことはなんでもない。

「いつも田舎料理しかできなくてすまないね」と、食卓に出す煮物や焼き魚、酢の物などのごく普通の和食が、外食やケータリングに飽きた家族にとても評判がいい。特に稔と優香は大喜びだ。

都心のマンションなのに、まるで庭付きの一戸建てに暮らしているようで、ハルはすっかり元気を取り戻した。嬉々として広い庭の片隅に家庭菜園を作り、野菜を育てた。野菜作りならお手の物だ。ナスやキュウリが実ると優香と一緒に収穫した。

優香は大地から芽を出して枝葉を伸ばし、花を咲かせ、実をつける生命の不思議さに夢中になった。どんな質問にも答えてくれるハルを尊敬し、種まきから水やりまで手伝った。それはハルにとっても何よりも楽しい時間だった。自分の居場所があると感じ、みんなから必要とされていることほど、嬉しいことはない。

家族の「美味しい、嬉しい、ありがとう」がハルの元気の源だ。それだけで一日の疲れは吹き飛んでしまう。

ただ一つ気がかりなのは俊彦のことだった。

＊＊＊

俊彦を取り巻く状況は日々悪化していった。不動産をすべて売却しても地価の暴落で債務超過だった。八方塞がりに陥った俊彦は消費者金融にも手を出した。冨美子は愛想を尽かし、娘たちを連れて実家に戻った。自暴自棄になった俊彦は、妻から送られてきた離婚届に捺印して戻した。

それを知ったハルはいたたまれず、奈津子に相談した。

「あんな息子でも子どもは子ども。放ってはおけないよ。私のお金で助ける手立てはないだろうか。お前たちには決して迷惑をかけないようにするから」

これまで黙っていたが、ハルには〝女の隠し金〟がある。実家の不動産管理会社を俊彦に譲るとき、税理士の西園寺が間に入って、かなりの額の退職金を受け取ることができた。俊彦はそれが気に入らず、西園寺を外して自分の思い通りになる税理士を雇ったのだが……。

この退職金の他にも、長年厚生年金に加入していたので、毎月かなりの金額が預金口座に振り込まれている。それらのお金を俊彦を助けるために使いたいと言うのだ。

奈津子はそこまでする必要はないと思ったが、西園寺に相談した。

西園寺は俊彦の置かれている状況を調べ上げてくれた。

「どうやらまだ一〇億円以上の借金があるようです。今、お母様のお金を入れても焼け石に水ですし、俊彦さんの元には何も残りません。率直に言って、自己破産しか現状を打開する方法はないと思います。しかし、俊彦さんは私のことを嫌っていますから、私から助言しても逆効果になるでしょう。自己破産の手続きに詳しい弁護士がいますから、お母様から紹介してもらいましょう」

もちろん、俊彦は断固として拒否した。

「自己破産なんてみっともないことができるか！」

紹介された弁護士の城所に、ものすごい剣幕で噛みついたそうだ。

「俺は悪くない、皆がやってきたことじゃないか。悪いのは時代だ」

城所はバブル崩壊後、多くの依頼人からこうしたセリフを嫌になるほど聞いてきた。

こういうときは聞き役に徹して、言いたいだけ言わせる。責めてはいけない。すべてを吐き出してしまえば、自分が置かれている状況を直視できるようになる。そして、自分で答えを出してもらうしかない。

俊彦はとうとう自己破産しか方法がないことを悟った。

手続きを終えると逃げるように地元を離れ、遠く離れた公団住宅に入居した。この間のさまざまな手続きは西園寺が裏でお膳立てし、城所が代行した。公団住宅の入居費用や家賃、生活費はハルが負担した。

俊彦は金の出所について何も聞かなかった。すべてのことに関心がない。働く気もなく、部屋に引きこもってぼんやりと日々を過ごした。誰とも連絡を取らず、部屋に入れるのはハルだけだった。

ハルは二週間に一度、俊彦を訪ねて掃除や洗濯をしている。

「お母さん、もうこれ以上、兄さんにしてあげることはないわ」

「でもねえ、やっぱり心配だもの。冨美子さんにも俊彦の住所や連絡先を知らせたんだけど、一度も足を運んでないようなんだよ」

奈津子は兄にも母にも腹が立つ。

どうして兄は、もう一度、自分の足で歩こうとしないのだろう、まだ五十代なのに。

母はいつまで面倒をみるつもりなのだろう、もう八十近いというのに。

二年後の猛暑の日、ハルは意識を失って倒れている俊彦を見つけた。

空調のスイッチは切られており、熱中症と思われた。救急車を呼び、一命は取り留めたが、いろいろ検査したところ悪性腫瘍が見つかった。すでに治療できないほど進行していた。長年の不摂生と、ここ数年のひどいストレスで俊彦の身体はボロボロだった。

＊＊＊

初雪が降る中、俊彦の葬儀が行われた。

参列者はハルと奈津子、稔、西園寺だけの寂しい葬式だった。冨美子にも連絡したが、「もう、赤の他人ですから」と顔を出さず、娘たちがこっそりと焼香に来ただけだった。声をかけたが、逃げるように帰ってしまった。

ハルは葬儀の後、寝込んでしまった。

何も口にせず、何も言わない。子に先立たれるというのは、親にとってこんなにも大きな打撃なのか。奈津子たちはハルの急激な衰え方に衝撃を受けた。このまま逝ってしまうのではないかとさえ、思った。

「お母さん、なんでもいいから吐き出してちょうだい。何があったの？　兄さんに何を言われたのよ。お母さんはやれることは全部やってあげたじゃない」

ハルはやっと口を開いた。

「心配かけて悪かったね。私もようやく俊彦のことを話せるような気がするよ。奈津子にとってはどうしようもない兄だったと思うけれど、あの子はあの子で苦しんでいたんだよ」

ポツリポツリと話し出した。

「俊彦の見舞いに行くたびに身が縮む思いだった。先生や看護婦さんの言うことは聞かないわ、同室の患者さんに暴言は吐くわで、いろいろ苦情も出てね。末期の悪性腫瘍ってわかる前に個室に移したのも、周りに迷惑をかけたくなかったからだった。でもね、個室に移ったとき、『母さん、俺、もうダメなんだろ』と言ったの。人が違ったように穏やかな口調だった。そのときの顔がね、今でも目に浮かぶんだよ」

目を閉じて黙り込んでしまった母のために、丁寧に紅茶を入れた。砂糖をたっぷり入れた紅茶は神経を鎮める効果がある。

母と娘は静かに紅茶を味わった。

「その顔を見て、熱中症で倒れたのも、実は死にたかったんじゃないかって思ったよ。それからの俊彦は別人のようだった。もう長くはないと悟ってほっとしたんだと思う。もう、空っぽだったからね。お前も俊彦の部屋を見ただろ。アルバムも住所録も過去のものは何にもなかった。全部、捨てちゃったんだろうね」

奈津子は寒々とした兄の部屋を思い出した。

「病院食もほとんど口にしなくなったとき、あの子がポツンと言ったんだよ。『母さんのぼた餅が食べたいなあ』って。持っていくとちょっとだけ口にして、『美味しいな、昔と同じ味だ』って嬉しそうに笑ってね、『次は母さんの煮しめが食べたいよ』って……」

ハルの頬を涙が伝った。

「そうやって甘えていたんだねえ。最後の一カ月は痛みがひどくてね。『俺、弱虫だからさ、痛いのは嫌だよ。先生に言ってくれ』って。モルヒネが効いて調子のいいときは、小さい頃の話ばっかりしていた。あの頃が一番楽しかったんだね。奈津子の話もよくしていたよ」

「私の話を？」

「そうだとも。お前が産まれたとき、一番喜んだのはあの子だった。いつも覗き込んで世話をしようとしていたんだよ。お前もヨチヨチ歩きの頃から、よく回らない口で『にーたん、にーたん』ってついてまわっていた。覚えているかどうかわからないけど、お前が五歳の頃、俊彦の後を追って迷子になったことがあったの。俊彦は真っ青になって『僕が悪いんだ、僕も探す』って言ってきかないの。警察や消防団や近所の人たちが総出で探してくれたんだけど、お前を見つけたのは俊彦だった。裏の森の奥の方から『兄ちゃーん』って声がしたんだって。誰も聞き取れなかったのに、俊彦はそう言い張って転がるように走っていったんだよ」

奈津子の脳裏に「兄ちゃーん」と叫ぶ自分の声がよみがえった。薄闇の中から幼い俊彦が必死の形相で駆けてくる姿と、そのときの泣き出したいほどの安心感を思い出した。

傲慢な言動は、自分の弱さや優しさを隠すためだったのかもしれない。兄はすべてを受け継ぎ、すべてを失った。その絶望の中で、最後に素のままの自分に戻って母と語らったのだろう。

「最後はとても安らかだったよ」

「話してくれてありがとう」

奈津子の頬を一筋の涙が伝った。

エピローグ

ハルは九十三年の人生を全《まっと》うして、故郷の墓に夫や俊彦とともに眠っている。

生前、「奈津子はお金の心配はないから、私のお金は優香と俊彦の子どもたちに渡しておくれ」と言っていたように、ハルの遺産は兄のふたりの娘と優香に均等に分配した。

西園寺が俊彦の娘たちに連絡すると、ふたりは祖母からの思いがけない贈り物に言葉も出ないほど驚いた。「おばあちゃんにはあんなに辛く当たったのに……」と涙ぐんで感謝していたそうだ。

弓子は六十歳でクリニックを辞めて仙台に戻り、大学で後進の指導に当たっている。

「不思議ね、若い頃、あんなに飛び出したかった故郷が恋しくなったのよ。それとね、人を育てることが一番性に合っているってわかったの」

退職金は一億五〇〇〇万円を超えていたが、弓子がこれまでに育て上げた人材という〝見えない資産〟の価値は、この金額をはるかに上回るものだった。

弓子はクリニックの株の持分を奈津子に渡し、新たな目標に向かって意気揚々と歩み出した。その後も独身を貫いたが、「学生たちが私の子ども。だから誰よりも子沢山よ」と笑っている。


奈津子は六十八歳までクリニックを経営し、稔の定年退職に合わせてクリニックを売却した。西園寺税理士のおかげで予想以上に高く売却できた。奈津子はこの件を弓子に報告し、売却代金の半分を渡すため、西園寺と一緒に仙台を訪れた。

弓子はふたりを大歓迎したが、「辞めるとき、私の持分は奈津子に渡したはずよ」と言って受け取ろうとしない。

「出資比率は半々なんだから、受け取ってもらわなくちゃ困るわ」

「私の持分は確かに渡したわ」、「いいえ、預かっていただけよ」

押し問答を繰り返すふたりに、
「相変わらずですね」と、西園寺が笑いながら、
「私が知る限り、株式譲渡の正式契約はなされていません。よって出資比率に従って売却代金の半分を弓子さんが受け取るのが妥当です」

奈津子がすかさず、「賛成！　二対一で一件落着」と言い、弓子にニヤリと笑いかけた。弓子も思わず笑いだした。

しばらくして、弓子から「受け取ったお金の有効な使い道が見つかったわ」と連絡があった。教え子を米国ペンシルベニア大学に留学させる基金にしたと言う。

「素晴らしいアイディアだわ、大地に種をまくのね」

弓子の話を聞いて、奈津子も新しい冒険がしたくなった。

稔は役員として会社に残る道より、ためらいなく奈津子との冒険を選んだ。まだまだ先は長い。次の人生をどこでどんなふうに過ごすか、ふたりで計画中だ。

一人娘の優香は北大農学部に進んだ後、農業試験場で稲などの品種改良に没頭している。ハルと一緒に野菜を育て、生命の不思議さに魅了されたのが、この道を選んだきっかけだった。

道産子の土臭い男と結婚して北の大地に根を張り、娘の光を授かった。

光は、祖母の奈津子にそっくりのお転婆娘だ。

「高梨沙羅ちゃんみたいなスキージャンプ選手になる！」と言って、地元のクラブで男の子に混じって練習している。コーチによれば、男の子顔負けのジャンプをしているらしい。


奈津子は孫娘を見るたびに、ハルの言葉を懐かしく思い出す。

「女だってこれからは好きなものになれるんだよ。そういう世の中になるよ」

ハルの言葉通り、皆、土地にも世間の常識にも縛られず、それぞれが好きな場所、好きな道で命を燃やしている。

第四話

ありがとう 〜一〇〇年時代の魔法〜

貧しい家に生まれ、高校卒業後は上京して明るくたくましく働く冨貴。夫を失くし、一人息子にも先立たれるという絶望の中で病弱な嫁と孫を引き取り、立派に育て上げる。七十代を迎えた冨貴が取り組んだ最後の大仕事とは……。

三月中旬だというのに、昨夜未明に東京の雨は雪に変わり、孫の帰りを待つ冨貴をやきもきさせた。孫の剛《ごう》は北海道大学の大学院で物理学を専攻している。来年には新進気鋭の物理学者、近藤教授の研究室に入ることが決まったと、弾んだ声で報告があった。

「一週間くらい休みが取れたから、十七日の三時頃の便で帰るよ」

今日がその日だ。

幸いにも、朝の日差しで気まぐれな春の淡雪もすっかり融け、路面は黒く濡れている。朝のニュースでも「空の便に影響はない」と言っていた。

そんなわけで、山野辺家の女たちは朝から浮き足立っている。

忙しく立ち働く冨貴と嫁の千絵の足元に、老猫のロクがいつものようにまとわりついて気を引こうとしたが、今朝はすっかり無視されている。

冨貴は腕まくりして、三キロの牛肉の塊に塩と胡椒を擦り込んだ。ぷっくりした白い手は、今年七十七歳になる老女のものとは思えない。手だけでなく、冨貴はどこもかしこも丸々として福々しい。小柄で華奢な嫁の千絵とは好対照だ。

「千絵、アレ取って。吊り戸棚の上のアレよ。あたしゃ、今、手が放せないから」

「お義母さん、アレじゃわからないわよ」

「だから、あの、ホレ、アレだってば。上の戸棚、開ければわかるから」

千絵は、精一杯爪先立ちして吊り戸棚を開けた。

「ああ、このダッチオーブンね」

鉄鍋の重さによろけながら取り出すのを見て、冨貴は思わず、

「気をつけてよ。足の上に落としたら、足、潰れちゃうからね」と声をかけた。

「私の足よりダッチオーブンの方が心配なんでしょ。なんたってお義母さんのお宝だから」

「あはは、よくわかってるじゃないの」

ダッチオーブンは八キロもある分厚い鉄製の蓋つき万能鍋だ。冨貴が若い頃、メイドとして働いていたアメリカ人の家で使っていたもので、彼らが帰国するとき、餞別《せんべつ》にいただいた。今でこそ日本でもキャンプなどで使われるようになったが、冨貴は四十年以上も前からオーブン代わりに使いこなしてきた。

今日は、久々に帰ってくる剛のために、これで大好物のローストビーフと焼きリンゴを作るつもりだ。

冨貴が、千絵とふたりの孫を自宅に引き取って二十年以上が経つ。

冨貴の一人息子が交通事故で急逝したとき、嫁の千絵はショックで寝込んで子どもの世話もろくろくできない状態だった。千絵は儚《はかな》げな美人だったが、病弱な上に引っ込み思案な性格で、女手一つで子どもを育て上げるようなたくましさはない。しかも、若くして両親を亡くしており、夫以外に頼れる身内もいない。

悲劇の中で始まった仕方なしの同居生活だったが、最愛の人を突然に失った女同士、やがて本当の母娘のように心を通わせていった。千絵がようやく悲しみから立ち直り、外に働きに出てからは冨貴が孫たちを育て上げた。

孫やその友だちのために、冨貴はよくこのダッチオーブンで西洋料理やケーキを作ったものだ。いい匂いにつられて集まってきた子どもたちに「これはね、魔法の鍋だよ」と言ったら、「魔法使いのフーマア」というあだ名がついた。孫たちが幼い頃、祖母と母を呼び分けるため、冨貴を「冨貴ママ」と呼ばせたのだが、口が回らずに「フーマア」となり、それが定着してしまったのだ。

子どもたちだけでなく、千絵も時折、「お義母さんが魔法の杖を振ったんじゃないか」と思うことがあった。冨貴は周りにそう思わせるほど、ラクラクといろいろな問題を解決していく。

＊＊＊

冨貴は東北の山里で生まれ育った。

山肌にへばりつくように二十軒ほどが暮らす小さな集落で、棚田で米や野菜を作っていた。冨貴は五人兄弟の二番目で、小さい頃から家の仕事を手伝ってきた。

農家の朝は早い。

学校に行く前に朝食を作り、帰ってからも弟や妹の面倒をみながら八人家族の夕飯を作った。周りも同じような農家の子どもたちだったから、働くのは当然だと思っていたし、さして苦にもならなかった。

村の小学校までは子どもの足で一時間近くかかる。

毎日、二歳年上の兄と一緒に集落の年下の子どもたちを連れて、唄を歌ったり、しりとりをしたり、九九を唱和しながら登下校したものだ。途中で疲れてしゃがみこむ子がいれば、背負って帰ることもあった。後に冨貴の財産となった丈夫な身体はこうした日々の中で作られた。

中学では数学が一番好きだった。

明るく素直で成績もいい冨貴は担任にも可愛がられた。その先生が親を説得してくれ、町の商業高校に進んだ。高校に行くには下宿しなければならない。進学できて嬉しい反面、苦しい家計の中で親に無理をさせたという負い目がある。

だから当然のように、高校を卒業すると集団就職で上京し、東京下町の小さな工業機械の部品メーカーに就職した。簿記が得意な冨貴は経理に回され、工場で働く娘たちより給料もよかった。

寮は六人一部屋。同じような境遇の娘たちだったから、お国訛りを恥ずかしく思うこともない。好奇心の塊の冨貴にとって都会は見るもの聞くもの、すべてが珍しく、ホームシックになることもなかった。

経理の仕事を手早く済ませると、誰に言われることもなく、事務所のトイレ掃除から外まわりの掃き掃除までクルクルとよく働いた。

しかし、二年後、会社が連鎖倒産。

途方にくれていたとき、取引先の社長から声がかかった。

「アメリカ人の家で住み込みのメイドを探している。働いてみないか」

給料は今より高いが、奥様が厳しくてメイドが居つかないのだという。

「冨貴ちゃんのような働き者ならきっと務まるだろう。どうだね」

家にもっとたくさん仕送りできる……。

頭に浮かんだのはそのことだった。

立派な洋館に連れて行かれ、見上げるように背の高いウィルソン夫妻に挨拶し、メイド用の小部屋を与えられた。住み込みの使用人は冨貴だけだった。

冨貴にとっては生まれて初めての自分ひとりの部屋だ。なんと贅沢なことだろう。

その夜は期待と不安でなかなか寝付けなかった。

最初はウィルソン夫人の早口の英語が全く聞き取れず、怒られてばかりいた。家電用品もすべて外国製で扱い方がわからない。夫人は非常な綺麗好きで、毎日、浴室からキッチンまでピカピカに磨き上げなければ機嫌が悪い。

冨貴は懸命に働いた。

寝る間も惜しんで英語も勉強した。ラジオの英会話を聞き、昼間メモした夫人の言葉を辞書で引く。半年ほどで簡単な日常会話はできるようになった。

冨貴は元々新しいコトやモノに出会うとワクワクしてしまう性分である。楽しいから、新しい知識をスポンジのように吸収できる。どんなに叱られても物怖じすることなく頑張った。

ウィルソン夫人は使用人に厳しいが、評価は公平だった。やがて冨貴の働きぶりを認め、さまざまなことに挑戦するチャンスを与えてくれた。

冨貴は期待に応えた。

彼らが母国に帰るまでの五年間で英会話と欧米流の家事一切をマスターしただけでなく、車の運転免許まで取らせてもらい、夫人の運転手を務めるようになった。

「よく頑張ったわね。あなたはもう一人前よ。どこでも生きていけるわ」

そう言って、ウィルソン夫人は紹介状と推薦状を何通も書いてくれた。ベテランのメイドは引く手あまたで、仕事に困ることはなかった。能力がアップすると給料も大幅にアップしていった。

それから五十年の間に冨貴の人生は二転三転するのだが、その話には追々触れるとして、ここではまず山野辺家の台所に話を戻そう。

＊＊＊

冨貴がローストビーフを焼き、特製ソースを作る横で、千絵もせっせと自慢料理をこしらえた。夕食前には、大きなテーブルに並べきれないほどのご馳走ができあがっていた。

山野辺家の食卓は昔から大皿料理だ。

孫の友だちが何人来てもいいように、なんでもたっぷり大皿に盛りつけ、それぞれが好きなだけ取り分けて食べる。

冨貴たちの暮らす神田周辺は商売人の家が多く、親たちは子どもの食事に手をかけていられない。出入り自由で食べ放題の冨貴の家は、今で言うところの「子ども食堂」のような存在だった。

感謝した親たちがよく商売ものの材料を届けてくれた。東京の下町にはそんな濃密なご近所付き合いが残っていたのだ。

冨貴は、近所の子どもたちを分け隔てなく迎えた。悪いことをすれば容赦なく叱るし、年上の子には料理の手伝いをさせ、年下の子の面倒をみさせた。そうした中で、子どもたちは分かち合うことや助け合うことの大切さや楽しさを学んでいった。厳しいけれど温かい冨貴は、孫たちだけでなく、みんなの「フーマア」だった。

今でも、街を歩いているとあちこちから「フーマア！」と声がかかる。

＊＊＊

玄関で、ロクがひときわ大きな声で鳴いた。

「あっ、剛が帰ってきた！」

この独特の鳴き声は、剛を呼ぶときにしか出さないからすぐわかる。

ロクは、剛が小学三年生のとき拾ってきた。

ある雨の日、剛は真っ黒な子猫を懐に入れ、両手でダンボール箱を大事そうに抱え、ぐしょ濡れになって帰ってきた。ダンボールを開けた千絵が悲鳴をあげた。中には息絶えた五匹の子猫が入っていた。

「なんで持ってきたの、もう死んじゃっているのに」

剛は泣きじゃくりながら訴えた。

「朝、見つけたときは六匹とも生きていたんだよ！　でも、学校に持っていけないから、傘をさしかけておいたんだ。学校が終わって走って戻ったけど、もう冷たくなってた。僕のせいなんだ。死んじゃったからって道端に置き去りになんかできないよ！名前もないままゴミみたいに捨てられるなんて可哀想すぎる」

冨貴は、ワァーと泣き出した剛を抱きしめると、

「生き残った仔をよこしなさい。すぐに温めなくちゃ」

その夜、皆で死んだ子猫たちに名前をつけ、敷地の隅に埋めた。生き残った真っ黒な子猫には「兄弟たちと合わせて六つの命を持つ仔だから」と、剛が「ロク」と名付けた。ロク、逆に読めばクロだ。

剛は天真爛漫《てんしんらんまん》ないたずら坊主だった。

授業中も少しもじっとしていない。冨貴や千絵もよく学校に呼び出されたものだ。幼くして父親を失ったことが不憫で、ついつい甘やかしてしまったせいかもしれない。辛抱することを教えたいと思っていた冨貴は、この子猫に賭けてみようと思った。

「猫でも人でも、助けるってことは生半可なことじゃないよ。可哀想だけじゃダメ、一生面倒をみなければ助けたことにはならないんだ。その覚悟はあるのかい？　お前

が世話をしなかったら保健所に持っていくし、ロクにかかるお金はお小遣いから引くけど、それでもいいかい？」

剛は一瞬ひるんだが、ロクを抱きしめてしっかりとうなずいた。

そして、皆が驚くほど成長した。約束を守り、学校から帰ると真っ先にロクの世話をした。粗相をすれば嫌がらずに片付け、夜も一緒に寝た。剛は大切なもののために我慢することを覚え、ロクと特別な絆で結ばれた。

ロクは、黒いビロードのような毛並みと深いグリーンの瞳を持った美しい雌猫になった。

剛が北海道大学に進学したときは大変だった。聞く者の胸に刺さるような悲痛な声で鳴きながら、何日も家中を探し回った。やがてその状況を受け入れたが、今でも剛が帰ってくるときはわかるらしく、今日も一時間前から玄関でじっと待っていた。

＊＊＊

「フーマア、母さん、ただいまっ。おっ、スゲーご馳走」

ご機嫌なロクを肩に乗せて、剛がぬっと台所に入ってきた。

「おお、愛しのフーマア、元気だったか」

芝居掛かった口調でそう言うと冨貴をぎゅっと抱きしめた。

頭一つ高くなった孫の腕の中にすっぽりと抱え込まれた冨貴は、「いやだよぉ、この子は。あ〜、汗臭い。さっさとお風呂に入んなさい」と、照れ隠しにじゃけんに押しやった。

剛がシャワーを浴びている間に、長男の浩も到着した。

浩は三年前に大手食品メーカーに就職し、看護師の理恵子と結婚して近くの賃貸マンションで暮らしている。ひょうきん者の剛と違い、子どもの頃から生真面目で優しい性格だった。小学一年生のときに父を亡くしてからは、子どもながらにかよわい母を守ろうとしてきた。

身長一八〇㎝を超えるふたりが加わると、広いＬＤＫが一気に狭くなる。

久々に顔を揃えた兄弟は、ワイワイ言いながら冷蔵庫からビールを取り出して飲み始めた。下戸の千絵まで「私もちょっとだけ飲もうかな」と、はしゃいでいる。浩と剛は見事なくらい豪快に食べ、かつ飲んだ。大皿が次々に空になっていく。

「あ〜、食った、食った。もう、足の先まで幸せでいっぱいだ」

古びたソファに剛がドサッとひっくり返ると、ロクがすかさず腹に飛び乗って喉を鳴らす。久々の家族団欒に皆がまったりしているとき、富貴が改まった口調で切り出した。

「今日は、みんなに聞いてもらいたいことがあるんだよ」

ソファにひっくり返っていた剛が座り直した。

「八十歳になったら老人ホームに入ろうと思ってる。まだ三年あるから、その間に千絵にこのビルの持分の三分の二を渡して、それが済んだらこのビルを売ろうと思うんだけど、あんたたちはどう思う？」

浩と剛は目を丸くして「は？」とも「へ？」ともわからない声を上げた。

「フーマア、本気？　爺ちゃんが建てたビルを売っちゃうの？」

「本気も本気。まだ、ボケたりするもんか」

「お義母さん、そんな話、私、今まで一度も聞いてないわよ」

「そりゃ当たり前だろ。今まで言ってないもの」

「なんで？　私と一緒に暮らすのが嫌になったの？」

オロオロと泣き出しそうな千絵に、

「そんな顔をするの、おやめ。全く泣き虫なんだから。これから筋道立ててちゃんと説明するから」

冨貴は数年前から、税理士の西園寺に今後のことやそれに伴う資産整理について相談していたことを話した。西園寺は、冨貴夫婦が写真館を開いたときからずっとお世話になっている先生だ。冨貴の夫の祐三が亡くなったときも、一人息子の啓介が急逝したときも親身になって支えてくれ、相続に伴う一切の交渉や手続きをしてくれた。その後も困りごとがあるたびに相談に乗ってもらっている。

一番悩んだのは、夫から相続したこの山野辺ビルのことだった。山手線神田駅から徒歩三分、駅前商店街の一角にある。建てた当時は、一階が祐三と冨貴が経営する写真館、二階が五部屋の賃貸住宅、三階は自宅と現像室などに使っていた。

高度経済成長にも後押しされて写真館は繁盛し、賃貸住宅も常に満室だった。しかし、祐三が心臓発作で突然亡くなり、その後を継いだ一人息子も交通事故で急逝してしまった。冨貴は失意の中で写真館を閉め、一階をコンビニエンスストアにいい条件で貸した。

以来、このビルの賃貸収入が残された家族の暮らしを支えてきた。経済的にも精神的にも大黒柱の役割を果たしてくれた大切なビルだ。たくさんの思い出も詰まっている。

「でもね、浩も剛も独り立ちしたし、あたしだってもう七十七歳になる。いずれ介護が必要になるかもしれないだろ。そんなことで千絵を縛りたくないのさ。それに、このビルもあたしと一緒であちこちガタもきている。維持していくには大きなお金がかかる。地震がきたらと思うとそれも心配だし、正直言って体力的にもきつくなってきたんだよ。だから、この際手放して、そのお金であたしも千絵も自由に生きていくのが一番いいんじゃないかと思ってね」

「でも……」と、口を挟みかけた千絵を止めて、

「ま、もうちょっと喋らしておくれ。あんたの気持ちは後で聞くから。それでね、ずいぶん前から西園寺先生に相談していたわけ」

気かがりなのは千絵の今後だった。嫁の千絵には相続権がない。冨貴が死ねば、財産は千絵ではなく、孫たちにいく。西園寺の示した解決案が「ビルの売却」だった。

「お元気なうちに決断することです。歳をとると決断は難しくなります。冨貴さんに

万が一のことがあったとき、千絵さんにはビルの経営はたぶんできないし、売る決断もできないでしょう。山野辺家のご親戚だって黙ってはいない。ですから、まず、ビルの持ち分の三分の二を千絵さんに贈与しておくことです。何回かに分けて贈与すれば贈与税も少なくて済む。そうすれば、千絵さんには当面、賃料収入が入りますし、ビルを売却できれば売却代金の三分の二が入ります」

冨貴はこの提案に納得したが、浩や剛の気持ちを確かめたくて、皆が集まったところで切り出したのだ。

一番反対したのは千絵だった。

「私はこれからもお義母さんと一緒に暮らしたいわ。介護なんて苦にならない。老人ホームだなんて水臭い……」

「気持ちはありがたいけどね、あと十年二十年もすれば老々介護だよ。そんなのは辛気臭くて、あたしゃまっぴら。いい老人ホームを探して第三の人生を楽しむから、千絵は第二の人生を謳歌すればいい。それで上等じゃないか」

冨貴はからりと言い、浩と剛に意見を求めた。

「僕らが近くに暮らしているんだからさ、もしも介護が必要になったってサポートできるんだけどなあ。理恵子は看護のプロなんだし。でも、フーマアはもう決心しちゃってるんだろ？」

「まあね」

いったん決めたら、テコでも動かない人だってことはわかっている。

浩はため息をついた。

「西園寺先生と相談して決めたことなら間違いないと思う。フーマアがそうしたいなら、僕はビルの権利を母さんに移すことも、売ることにも賛成するよ」

「オレも賛成。大学院まで行かせてもらったんだもん。この上、フーマアの財産をもらおうなんて考えたこともなかったよ。それよりさ、老人ホームに入る金はビルを売って充てるとしても、そういうところは毎月かなりの金がかかるんだろ。オレ、そっちの方が心配だ。本当はオレたちが仕送りすべきだけど、兄貴はともかく、オレはまだ学生だし、研究室に残るから当面は仕送りできそうにないんだ。ごめんな、フーマア。オレって役立たずだよなぁ」

剛は、大きな身体を縮めてすまなそうに言った。

そうか、そうか、そんなことを心配してくれるのかい。

ふたりともいい子に育ったものだよ。

冨貴は思わず緩みそうになった頬を引き締めて、威勢良く啖呵《たんか》を切った。

「フーマアを見くびるんじゃないよ！　そんなことは百も承知さ。ちゃんとそのくらいのお金は用意してあるよ」

＊＊＊

千絵や孫たちには一度も話したことはなかったが、冨貴には一億円あまりの預金と八〇〇〇万円を超す終身個人年金がある。ほとんど休みなく写真館を開け、夫と懸命に働いて蓄えたお金だ。この終身個人年金はアメリカ国債で運用されていた、利息の高い時期に加入したものだった。

写真館を年中無休にしたのは、開業するときに知人から紹介された西園寺が何気なく言ったひとことだった。

「経費や支出にはお休みがありません。金利、税金、返済金、保険料、給料、すべて固定支出です。商売は店を休めば収入はゼロです。商売人は定年もない代わりに退職金もありません。正確に言えば、保障はされていないのです。これが勤め人と商売人の決定的な違いです」

これはズシンと心に響いた。

写真館の稼ぎどきは、土日祝日、夏休み、お正月、お祭り……、みんなが休むときだ。家族の記念写真や結婚式、成人式、七五三、卒業式、入学式、見合い写真を撮りに写真館を訪れる。どれも家族にとって〝ハレ〟の日だ。気分が高揚しているとき、人は気前よくお金を使う。

祐三と冨貴は朝早くから夜遅くまで店を開けた。

朝、顔を洗う前に店のシャッターを開ければ、出勤前や朝の散歩のついでに寄る人がいる。夜も、寝る直前までシャッターを少し開けておく。店の明かりが漏れていれば、馴染みの客が「夜遅くすまんけど、写真はできているかな」と声をかけてくる。

コンビニなどなかった時代である。午後八時をまわれば真っ暗になってしまう商店街の中で、遅くまで光が漏れている山野辺写真館はよく目立ったし、重宝がられた。

商売人が多い土地柄、店を閉めてから写真を取りに来る人も多い。皆、一刻も早くできあがった写真を見て、家族で喜びを分かち合いたいのだ。そんな気持ちに応えたいと思った。

当時、カメラは貴重品だった。フィルムだって安くはない。

今のように、デジカメやスマホで手軽に写真を撮れる時代とは違う。

一枚一枚、大切に撮影したフィルムを現像に出し、記念日には家族で正装して写真館を訪れた。祐三はカメラ選びから操作方法、写真の撮り方まで相談に乗った。今とは比べものにならないほど、写真館の役割は大きかったのだ。

祐三が撮影と現像、冨貴が接客と経理を担当し、二人三脚で切り盛りしていたが、やがて人を雇わなければならないほど忙しくなった。

しかし、どんなに忙しくても仕事が辛いと思ったことはない。

できあがった写真を見た瞬間、パッと広がるお客様の笑顔を見ると自分の事のように嬉しくなる。こんなに喜んでもらえてお金をもらえるなんて……。冨貴は天職に出会えたと思った。

お客様に、商店街の人たちに、もっと喜んでもらうにはどうしたらいいだろう。冨貴が考えたアイディアを祐三はどんどん採用してくれた。

店内にはゆったりした応接コーナーを作り、茶菓をサービスした。常連客のほとんどが冨貴とおしゃべりを楽しんでいくようになった。

お孫さんの写真を見れば、

「まあ、目元が裕子ちゃんにそっくりですねえ」

娘さんの成人式の写真には、

「さっちゃんがもう成人式だなんてねえ……。女優さんみたいに綺麗な娘さんになって……。着物もこんなに綺麗な娘さんに着てもらえて本望だわ」

冨貴の心からの相槌が客の喜びを一層膨ませた。家族ぐるみの長い付き合いだからこそ、おざなりではない言葉がごく自然に出て来る。

一人ひとりのカルテも作った。客の住所や電話番号だけでなく、家族構成から子どもや孫の名前、生年月日、ちょっとした話題まで書き込んだ。

応接コーナーには、用事がなくても近所の人たちが集まるようになった。冨貴は誰でも笑顔で迎えた。何気ない世間話が仕事に繋がることもある。

「そういえば、悟ちゃんも来年は中学生なのね。この間、見たけれど、すっかり背が伸びて誰だかわかりませんでしたよ」

「そうなのよ。本当に月日の過ぎるのは早いわね。入学式の帰りに寄るから、予約入れておいてね」といった具合だ。

人と一緒に街の情報も集まった。

応援コーナーに設けた情報ボードには、「子猫生まれました」から「家庭教師します」、「学習机を差し上げます」まで、いろいろな地元の情報が貼り出されている。商店街の美容室や呉服店、貸衣装店とも提携し、その店を利用すれば撮影代を割り引くサービスも作った。

成人式やお見合い写真をきっかけに、さりげなく釣り合いのとれた相手を紹介することもある。それがきっかけで結婚に至ったカップルも少なくない。

入り口の両側にある二つのショーウインドウにも工夫を凝らした。

一方は、花とお客様の写真の華やかなコラボレーション。地元の花屋と提携し、季節感あふれる演出で話題を呼んだ。

もう一方には、大きく引き伸ばした祐三のモノクロ写真を一点だけ展示した。祐三は昔、プロの写真家を目指していた。〝写真館の親父〟になってからも、仕事の合間に愛機のライカをぶら下げて商店街を歩きまわり、日常の営みの一コマを時に鋭く、時に温かく、切り取った。毎週替わる祐三の作品を楽しみにしているファンも少なくない。

スタジオ写真も「どこか違う」とよく言われた。

「一番いい表情を捉えてくれるんだよな、祐三さんは」と常連は言う。

評判を聞きつけて、わざわざ遠くからやってくる人もいた。

その中には、誰もが知っている大スターもいた。

マネジャーから電話があり、口外しないことを条件に「自宅で家族写真を撮影してほしい」という依頼だった。こうした依頼には夫婦でうかがう。冨貴が場を和ませ、自然ないい表情が撮れた。でき栄えに満足したスターが友人知人を紹介し、芸能人の依頼が増えた。

冨貴がメイド時代に身につけた流暢な英語で応対するので、外国人の常連もつき、彼らからVIPのお客様を紹介されることもあった。

年配のお客様の記念写真は、冨貴が直接自宅に届ける。

「わざわざありがとう。歳をとるとお客様も少なくなって寂しいものですよ。さあさあ、遠慮しないで上がってちょうだいな」

温かく招き入れられ、家族の思い出話で話が弾み、なかなか帰してもらえないこともしばしばだった。しかし、帰り際、「今日は本当にありがとう。この写真は我が家の宝物。代々引き継ぎますよ。お金や財産はなくなっても写真はずっと残りますからね」などと言われると、その日一日心が弾む。

そんなときは、早く帰って夫に報告したいと思う。

祐三はいつも嫌がらずにおしゃべりに付き合ってくれた。仕事では聞き手に徹していたし、お客様から聞いた話は決して外には漏らさないように心がけていたが、夫だけは別だ。祐三の口は鋼鉄より堅い。

＊　＊　＊

冨貴は、自分は運がいいと思う。

学歴も家柄もない、器量も普通、二十八歳にもなっていた自分を夫が見染めてくれ、親族の反対を押し切って後妻に迎えてくれた。しかも、天職と思える仕事を夫と一緒にできるのだから。

ああ、ありがたい、嬉しい、楽しい、そうした気持ちが夫や周りに伝わらないはずがない。年齢はひとまわりも離れていたが、夫婦の息はぴったり合い、写真館は繁盛した。唯一の重荷は借金だった。土地は親から祐三が相続したものだが、ビルの建築費と撮影機材を合わせ、莫大な借金を背負っていた。

「この借金を返し終わるまでは病気も贅沢もできない。苦労をかけるが頼むよ」

夫はすまなそうに言ったが、それも頑張る原動力になった。特別なイベントなどでまとまった売り上げがあると、夫に黙って借金の返済に回した。そうしたお金が年間三〇〇万円から五〇〇〇万円にもなる。

こうした地道な努力が実り、予定より十年も早く借金を完済することができた。その日初めて早仕舞いし、ふたりで帝国ホテルのレストランで祝杯をあげた。

「これからは一年に一度くらい、店を休んで旅行に行こう」

夫はそう言ったが、翌日もいつも通り早朝から店を開けた。ふたりにとって、働くことは息をするように自然なことになっていた。

銀行への返済分を預金に回せるようになると、預金残高は目に見えて増えていった。一人息子の成長と写真館の仕事、そして、増えていく預金残高が喜びだった。

金融機関は資産運用を勧めたが、慎重なふたりは躊躇していた。

開業して三年目に、税理士の西園寺から「小規模企業共済制度」を紹介された。掛金は所得から丸々控除され、積み立てたお金が退職金代わりになるという。

「公的な制度だし、先生の言うことなら間違いないだろう」と、それぞれ限度額いっぱいの月額七万円ずつ掛けた。ふたり分で年間一六八万円が自動的に積み立てられ、二十年後、三十年後にはふたり分で三三〇〇万円〜五〇〇〇万円の退職金になる。大企業並みの退職金が用意できる上、ほとんど税金がかからない。毎年の節税効果も大きく、冨貴たちにとって夢のような話だった。ふたりはコツコツ真面目に積み上げていった。

一方で、使うべきところには惜しみなくお金を使った。

従業員の報酬も高く設定したのでいい人が採用できたし、長く働いてもらえた。一度でも世話になった人には会うたびにお礼を言い、お中元やお歳暮を送り続けた。祭りの寄付や町内会のイベントにも快く協力した。いただき物はほとんど周りにお裾分けした。

冨貴は、分福《ぶんぷく》すれば幸せが膨らむことを体得していた。

不幸にあった人には特に優しく接した。お見舞いやお香典は多く包み、目立たないようにそっと手渡した。

一事が万事、そんなふうだったから、冨貴のことを悪く言う人はいない。

ただ、夫の親戚だけは別だった。

山野辺家は曽祖父の時代に次々に事業を興し、多くの会社を所有していた。今では没落してしまったが、気位だけは高い。だから、学歴も家柄もなく、外国人のメイドや家政婦として働いていたような女が一族に加わることには猛反対した。

「財産目当てに違いない」

「先妻より器量も家柄も二段も三段も落ちる女を、なんでまた祐三さんは選んだものかね」

夫はいつも庇ってくれたが、親族が集まる席は針の筵《むしろ》だった。

夫は先妻のことを一切口にしなかったが、一度だけ「どんな方だったの」と聞いたことがある。

「万事が床の間向けの女性だったよ……」

お嬢様育ちで、山野辺家という家柄と写真家という職業に惹かれて嫁いできたらしい。しかも、祐三はなかなかの美男だった。しかし、さしたる資産もなく、プロの写真家を断念して写真館の経営で生計を立てようとしていることを知ると、失望して去っていった。祐三も止めなかった。

「何一つ共有できるものがなかったのだよ。だが、冨貴となら何もかも共有できる。一緒に働き、一緒に喜び、一緒に頑張れる。お前に会えて本当によかったと思っている。……いやはや、オレはいったい、何を言っているんだ……」

祐三は自分の言葉にすっかり照れて、そそくさと暗室に入ってしまった。

日頃、無口な夫が自分への気持ちを率直に口にしてくれたことに、冨貴は感動した。辛いことがあっても、この言葉を思い返すと元気が出た。本当に心の温かい人だった。

亡くなる数年前、祐三は何かを予感していたかのように、冨貴には内緒で「すべてを妻の冨貴に譲る」という公正証書遺言を作った。そのおかげで相続は揉めずに済んだのだが、親戚の中には「嫁が山野辺家を乗っ取った」とか、「あの嫁が祐三さんを殺したようなものだ」などと言いふらす者もいた。

冨貴はひどく傷ついたが、ひとことも抗弁しなかった。

「天気と他人は変えられない」と割り切ったこともあるが、夫の死について、深く後悔することがあったからだ。

後年、千絵にはその気持ちを打ち明けたことがある。

「あたしはね、自分が丈夫なものだから、お父さんの心臓が弱っていたことにちっとも気づかなかったんだよ。あのときほど、自分が丈夫なことを恨めしく思ったことはない。だからね、気づかないうちに千絵にも無理させているんじゃないかって、時々心配になるの」

＊＊＊

冨貴がビルの売却を決めた背景には、こうした山野辺家との経緯もあった。

ビルを売るとなれば、また、夫の親戚が口を出してくるだろう。あたしが死んでからでは、気弱な千絵が親戚の横車を抑えられるはずがない。西園寺先生が言うように、あたしが元気なうちに面倒なことは全部片付けて、山野辺家とのしがらみを断ち切っておかなくちゃ、と。

西園寺は、その辺の事情や千絵に対する気持ちを一番よくわかっていた。

だから、写真館を閉じて運営会社をビルの管理会社に変更したときも、千絵を監査役にしておくように助言していた。

「報酬は適正額でいいのです。目的は千絵さんの社会保険の加入ですから。千絵さんが働きに出ても、社会保険には加入し続けるようにしてください。千絵さんが二十五年以上勤務すれば、厚生年金がもらえます」

西園寺は、将来の安定した生活のために年金受給権の確保がいかに重要か、わかりやすく説明してくれた。

冨貴たちにも、写真館を開業するときから「会社組織にして社会保険に加入された方がいいですよ」と言っていた。西園寺のアドバイスに従ったおかげで、冨貴は六十五歳から厚生年金を受給している。七十歳からは個人の終身年金も毎月四〇万円以上入るようになった。

預金口座に四〇万円を超える終身年金が振り込まれたのを確認したときは、「これで死ぬまでお金の心配はしなくていい」という安堵感と解放感で、肩から力が抜けた。以前、西園寺が「毎月入ってくるお金は安心して使えます。しかし、莫大な資産があっても、減っていくお金は怖くて使えないものです」と言ったが、全くその通りだった。現役の頃はいつも預金残高を気にしていたが、今では残高を確かめることさえ忘れている。

有料老人ホームの入居金は、ビルの売却代金と小規模企業共済を解約した退職金で十分に賄え、まだかなりのお金が残る。月々の費用も厚生年金と個人年金でカバーできるはずだ。

孫たちに豪語した通り、老後の資金計画は万全だった。

周りの幸せと自分の健康だけを考えて暮らせるなんて、なんとありがたいことだろう。冨貴は仏壇に向かい、祐三に報告した。

「お父さん、そんなわけで、私は当分そちらに行く気になれませんよ。まだまだ面白そうなことがありそうですからね。すみませんが、気長に待っていてくださいね」

祐三の写真が笑ったように思えた。

「さあて」と冨貴は腰を上げた。

後は粛々と計画を実行に移すだけだ。

＊＊＊

三年後、山野辺ビルは三億六〇〇〇万円で売却できた。

バブル崩壊後、全国で地価下落が続いていたが、東京都心の不動産は値上がりに転じており、予想以上の値がついた。さすがに山手線駅前立地の不動産の人気は根強い。

すでに一、二階の賃貸フロアは千絵の名義に変更していたので、売却代金から譲渡税や住民税、諸経費を支払った後の手取りは、富貴が約一億円、千絵が約二億円になった。

すべて西園寺が専門家を集めて進めてくれたことだ。売買契約を締結した翌週、西園寺を招いてささやかな酒席を設けた。

「ありがとうございます。先生のお陰でなんとか実行することができました。やっと長年の肩の荷が下りました」

「お疲れになったでしょう」

「ええ。全部、先生方にやっていただいたようなものなのに、それでもこんなに大変だとは……。あと数年決断が遅れていたら、とてもやり遂げることはできませんでしたよ」

大きな決断、小さな決断、膨大な書類探しや署名捺印、当事者でなければできないことも山ほどある。タフな冨貴でさえ五キロも痩せたほど、心身ともに消耗する作業だった。

「あとは老人ホーム選びですけれど、これもどうかお付き合いくださいね」

「もちろんですとも」

西園寺はいつもと変わらない柔らかな笑顔でうなずいた。髪が大分白くなっている。思えば四十年以上の付き合いになる。もう七十歳を越えているはずだ。

「千絵のことも面倒みてやってくださいね。実の娘のように思えるんですよ」

「ええ、私ももちろんお手伝いしますが、千絵さんには後輩の女性税理士をつけるので安心してください。とても優秀で信頼できる人間だし、女性同士いろいろ相談しやすいと思います。それより、冨貴さんこそ人生のお楽しみはこれからですよ。一〇〇歳までまだ二十年もあるんですからね」

＊＊＊

千絵はビルの売却にほとんどタッチしていない。

だから、西園寺から「三月末に、千絵さんの口座に最終手取金額として二億円が振り込まれますから、入金を確認してください」と、報告を受けたときも現実感がなかった。

銀行で入金を確認し、初めて膝が震えた。

「こんな大金、どうしよう……」

喜ぶよりも、戸惑い、怖がっている千絵を見て、富貴は「千絵らしいね」と愉快そうに笑った。

「これから千絵の新しい人生が始まるんだよ。これはその軍資金さ。あたしがお金の扱い方を教えてあげるから、千絵はこれからやりたいことを考えなさい」

取りあえず、ふたりはロクを連れてセキュリティのしっかりした賃貸マンションに引っ越すことにした。富貴が老人ホームに入居するまでの仮住まいだ。千絵にとっては、自立して生きていくための貴重な準備期間になる。

毎日のように地元の人たちとの別れの宴が続き、引っ越し当日には屈強な若者が十人以上も集まった。皆、小さい頃、富貴の世話になった者たちだ。

「せめてこのくらいは手伝わせてくれよ」と言って、神田の祭りで鍛えた見事な連携プレーで荷物を運んでくれた。

新居に移ると、いろいろな金融機関から「ご挨拶」と称して訪問客が押し寄せてきた。大金が入ったという噂は一気に広がるものらしく、投資の勧誘や営業の電話が引きも切らない。

「電話に出るんじゃないよ。留守録にしておけばいいから。会う必要もないよ。絶対に家に入れてはダメ。あんたは人の話を断れない性分なんだから」

そう言い含めて、富貴は精力的に老人ホームの見学に出かけ、夜は千絵に自立して生きる知恵やお金の扱い方を伝授した。

「一億円は別な口座に入れて手をつけないように。これはいざというときの守り神だからね。このお金のことは誰にも言ってはいけないよ。浩や剛にも内緒にしておきなさい」

「あら、あの子たちなら大丈夫ですよ」

「あたしもそう思うけどね、所帯を持って子どもができれば何かとお金がかかるものだ。頼ってくることもあるかもしれない。生活がかかってくれば、皆、そういうものさ。浩や剛がお金に困って相談してきたらこっちに回しなさい。あたしが引き受けるから。何事もなくて一億円を使わずに済めば、そのときにふたりに遺せばいいんだよ」

千絵は、冨貴からもらった財産を浩や剛にも少し分けてあげようと考えていたのだが、冨貴は止めた。

「そんな心配をする必要はないよ。いずれ、私の財産は浩と剛にいくんだから。西園寺先生からそう言われたから、生前に千絵にビルの三分の二を贈与したんだよ。私の財産はほとんど預金だけだから、ふたりにはいつでも渡せるし、現金なら公平に分けるのも簡単だから相続で揉める心配もない」

「でも、こんな大金、私には使い切れないわ」

「あんたはまだまだ若い。人生はこれからだよ。千絵のお金は、千絵の夢を叶えるために使えばいいの」

「いつもお義母さんには教えてもらうことばかりだわ」

「ふふふ、これはね、西園寺先生の受け売りだよ」

「それからね、あちこちから投資や運用を勧められるだろうけれど、わからないものに手を出してはいけないよ。残りは個人年金にしておくといい。たとえば一億円を終身年金にしておけば、老後に毎月四〇万円くらい入ってくるし、そのほかに厚生年金もある。どちらも安全、安心、確定した収入だよ。今はわからないかもしれないけれど、死ぬまで安定収入があることの安心感は何にも代え難いものだ。あたしもそうしておいたから、なんの心配もなく老人ホームに入ることができるんだよ」

冨貴はそれからも折に触れ、千絵の心に染み込むようにアドバイスを重ねた。

「相続対策とか、いろいろ売り込んでくるところもあるだろうけど、大事なのは相続対策より生存対策だよ。女は長生きなんだからね。一〇〇歳まで生きるつもりでしっかり計画しなくちゃいけない」

「子どもには〝残さず、頼らず〟でいい。その代わり、自分のことは自分で始末をつける覚悟でいなければいけないよ」

「浩も剛も十分な教育を受けて立派に自立している。何度も言うけれど、子どもたちのことは何も心配することはないからね」

＊＊＊

冨貴の話を聞きながら、千絵は迷いや不安が一つひとつ解きほぐれていった。これからどう生きていけばいいかも少しずつ見えてきた。

思えばなんと長い間、精神的にも経済的にも義母に頼っていたことか。責任ある決断は義母に任せ、私は安全な小さな世界から出ようとしなかった。

籠の中の臆病な小鳥のようだった私に、「さあ、勇気を出して翔び立ちなさい。自由に翔べる翼があるんだからね」と、富貴が籠の扉を開けてくれた。浩は一緒に住もうと言ってくれるけれど、これを機に自立して生きよう。

とはいえ、一気に大空に羽ばたく勇気はまだない。老人ホームに近いところにマンションを買おう。夫の生命保険がある。教育費や生活費で目減りしたけれど、小さな中古マンションなら買えるはずだ。もうしばらく仕事を続けながら、少しずついろいろなことに挑戦してみよう。八十歳の義母でさえ、新しい世界に飛び込もうとしているのだもの。

経済的な不安がなくなると身も心も軽くなった。

億単位のお金は大きすぎてわからないが、月額で考えれば生活感覚でわかる。富貴の言う通りにしておけば、月々十分すぎるほどの安定収入が死ぬまで約束される。夢のようだが、これは間違いなく現実だ。目の前でニコニコ笑っている義母がすでに実践しているのだから。

千絵の心が前向きに変わったのを見て取ると、冨貴は都内でも有数の有料老人ホームに入居を決めた。

手入れの行き届いた立派な建物と広い庭、共用部分には洗練されたインテリアのリビングルームやダイニングルーム、バーまであり、娯楽室、図書室、大広間、茶室、トレーニングルームも備わっている。

見学に来た千絵も、浩や剛もすっかり圧倒されていた。

「まるで写真で見た外国のリゾートホテルみたい」

「老人ホームの概念が根底からひっくり返されたよ」

「フーマア、また魔法使っただろ」

三人三様に驚きながらも、皆、冨貴の決断に賛成してくれた。

ホームからは、最寄り駅や提携病院などを回る無料シャトルバスが出ており、東京駅や銀座にも四十五分以内で行ける。入居一時金が約五〇〇〇万円、月々の費用は約三〇万円だが、今の冨貴には全く問題ない。

最大の決め手は、運営主体の堅実な財務内容だった。偶然、西園寺の先輩に当たる税理士が夫婦で入居しており、確かな話が聞けた。

設備が充実していることはもちろん、スタッフの応対も感じがよかった。

一週間の体験入居もし、入居者やスタッフが醸し出す明るい雰囲気が気に入った。高齢者施設にありがちな暗さや惨めさは微塵もない。介護から看取りまで安心して任せられる体制も確認した。

入居者の入居年数が長いことも安心材料だった。満足度が高く、健康で長寿を保っている人が多い証だろうと思う。

「お客様の平均ご入居年数は十八年を超えております」

施設を案内してくれたスタッフも誇らしげに言っていた。

入居している上品な老婦人にも話を聞いてみたが、

「外出も旅行も自由ですし、施設の中にも楽しいことがたくさんありますからね。皆さん、死ぬのを忘れてしまうのでしょうよ」

そう言ってコロコロと笑ったその方も今年八十八歳、入居して十二年になるという。

「主人と死に別れたときはがっくりきましたけれど、今では家事一切から解放されて、毎日が極楽ですよ」

生きているうちに極楽を味わえるなんてねえ……。

冨貴は俄然《がぜん》楽しくなってきた。若い頃、新しいモノやコトにワクワクドキドキしていた気持ちがよみがえってくる。いったいどんな人に出会えるのだろう。どんなことが起こるのだろう。持ち前の好奇心がむくむくと湧いてくる。

＊＊＊

冨貴が老人ホームに入ると、千絵も近くに小さなマンションを買い、ロクを連れて引っ越した。以来、週に一～二回は一緒に食事をしている。互いに新生活に入って報告することが増え、あっと言う間に時間が過ぎてしまう。

「お義母さん、すっかり若返ったみたい」

「そりゃそうだよ。年上に囲まれて、あなたなんかまだまだ若いわ、なんて、しょっちゅう言われているんだからね」

冨貴はハイクラスなコミュニティにもごく自然に溶け込んでいるようだった。セレブな老婦人たちと屈託なく談笑している義母を見て、なんて不思議な人だろうと思う。

千絵と話すときの気さくな口調は昔と変わらないが、全体から受ける印象はすっかり洗練され、レベルアップしている。

「お義母さんは、ああいう方々と毎日一緒で息苦しく感じたりしないの」

「そんなことはないよ。〝和して同ぜず〟でお付き合いしているからね」

「和して同ぜず？」

「皆と仲良くするけど、むやみに同調はしないってことかしらね。過去がどうであれ、ここではみんな平等だから、人は人、自分は自分って割り切ってお付き合いしているんだよ。それが返ってよかったのかもしれないね」

入居してしばらくはひとりで過ごすことが多かったが、ホームのレストランで、ひとりで食事をしていても少しも苦にならない。そのうちに声をかけてくれたり、食事やクラブに誘ってくれたりする人が出てきた。

誘われれば、誰に対しても笑顔でありがたく受けた。一度話した人たちは冨貴を気に入り、また誘ってくれた。

「そうやっているうちに自然に知り合いが増えたんだよ」

「どうしてお義母さんはそんなにモテるのかしら？」

からかうように千絵が問うと、

「簡単、簡単。相手の話に耳を傾けるからだよ。それだけの話さ。世の中はね、喋りたい人が八割、聞きたい人は二割。特にここにいるような人たちは九割が話したい人だからね。それにね、歳をとると、口は達者でも耳が遠くなってくるから、圧倒的に聞き手不足になるんだよ」と笑った。

聞き上手に加えて、もう一つ、冨貴が皆に好かれる理由がある。口が堅いことだ。温かい笑顔で熱心に話を聞いてくれ、しかも口が堅い。誰にとっても得難い隣人であろう。

どれもこれも冨貴が写真館時代に身につけたことだった。

さらに言えば、昔、メイドや家政婦として上流階級の暮らしや考え方を間近に見てきた経験も役立った。

「人生に無駄なことなんて一つもないものだね。そのときはわからなくても、いいことも悪いことも後からきっと役に立つ。千絵もいろいろなことをやってみなさい。全部、人生の肥やしになるから」

「お義母さんの話を聞いているだけで人生勉強になるわ」

「じゃあ、これからも聞いておくれ。あたしだって聞き役だけじゃつまらないからね。昔はね、お父さんがあたしのおしゃべりの聞き役だったの。ふたりとも口が堅いから安心して話せるよ」

冨貴はそう言って、会うたびに身の回りで起こったことを面白おかしく話してくれた。優しくて聞き上手の千絵のおかげで、冨貴の舌は一層滑らかになる。

＊＊＊

「お金があるから返って面倒なこともあるんだねえ」と、冨貴は話し出した。

「ここにいる人たちは自分のお金で入居している人がほとんどだけど、話を聞くと、子どもたちに反対された人も結構多いんだよ」

「親の世話を他人に任せることを後ろめたく思うのかしら」

千絵もいっとき、そんな気持ちになったことを思い出した。

「それがね、そうじゃないんだよ。親しくなったご夫妻が言うの。

――ねえ、冨貴さん、情けないじゃありませんか。ここに入居するって息子たちに話したら「もっと安い施設があるだろ、贅沢すぎる」って反対したんですよ。子どもたちが費用を出すならわかりますけど、私たちのお金で入るんですから、主人もムッとして「お前たちに老後の面倒をかけないようにと思って、母さんと決めたことなんだぞ。何が不満だ」って。

――そうですよね。

――息子ははっきりとは言わなかったけれど、要は、自分たちの相続財産が減るのが嫌だったんですよ。

その話を聞いてあたしはびっくりしたよ。このご夫婦は品川の大きな一戸建てに住んでいらしたの。そこを売ることにも反対されたんだっていうんだから。

奥さんがその顛末を話してくれたんだよ。

――上の子ときたら、「家は長男が引き継ぐものだ」なんて時代錯誤なことまで言い出しましてね。別に先祖代々の土地じゃないんですよ。私たちが土地を買って建てたんですから。それでね、「僕らが家に入るから一緒に暮らそう」と言うんですよ。嫁も一緒になって「お義母様たちの面倒はみますから、安心なさって」なんて優しいことを言いましたけれど、あの嫁にそんな気なんて毛頭ありませんよ。家屋敷が欲しいだけ。魂胆が読めたから、主人がさっさと家を処分しちゃったんですよ。「長男がこの調子じゃ、この家が相続の火種になりそうだ。お金に換えておけば、三人の子どもに均等に分けられる」って。

——でも、こちらにも時々ご家族で見えるじゃありませんか。仲がいいご家族だなあって思っていたんですよ。

——そりゃあね、表面上はうまくやっていますよ。私たちも孫たちに会いたいですからね。でも、息子夫婦の本心はわかっているの。今回のことでゴタゴタしましたでしょ。だから相続のとき不利にならないように、ご機嫌うかがいに来るんです。それだけじゃなく、この間なんか「今のうちに僕らに贈与しておけば、相続税対策になるから」って長々と説明して、分厚い資料まで置いていったんですよ。

——それで贈与されるんですか。

まあ、その答えがよかったわね。

——そう簡単に贈与なんかしませんよ。息子に言ってやったんです。「あら、そんなに相続税が心配なら、相続税がかからないくらいまで減らしておきましょうか」って。青くなってましたわ。

これには思わず吹き出してしまったわよ。ご主人も一緒に笑い出して、——もちろん、家内の言ったことは半分は冗談ですよ。できるだけ残してやろうとは思っていますが、「親の財産は自分のもの」と考えている息子の鼻を明かしてやりたくなりましてね。

その話のあと、「冨貴さんのところは大丈夫でした？」って話を向けてくれたけど、ここで千絵たちの話をしたら自慢話みたいになってしまうからね、やめときましたよ。夫婦喧嘩と自慢話は犬も食わない、だからね」

＊＊＊

「今日は恋の話をしようかね。あら、何を赤くなってるのさ。嫌だね、あたしのことじゃないよ。でもね、千絵、いくつになっても男と女がいれば惹かれ合う気持ちは生まれるものなんだよ。それは本当に尊い気持ちだし、生きる力にもなる。

千絵なんてまだまだ女盛りなんだから、恋の一つや二つ経験しなさい。喜んで聞いてあげるから。あらあら、話が逸れちゃったね。

実はここでも七十代の素敵なカップルができたんだよ。仮に、佐久間さんと佳恵《よしえ》さんとでもしておこうか。

たまたま夕暮れどきに庭を散歩していたら、庭の一番奥まったところにあるベンチで熱心に話し込んでいるふたりを見かけてね。とってもいい雰囲気だったから、邪魔しないように部屋に戻ったんだけどね。

もちろん、あたしは誰にも喋ったりはしないよ。でも、こういうことに目ざとい人はどこにでもいるものだね。

何人かで夕食をとっていたとき、ある人が言い出したんだよ。

佐久間さんと佳恵さんが怪しい、ってね。

ふたりとも独身なんだから別にいいだろうに、その人の言い方は意地悪な感じだった。

——あのふたり、同じ日に別々に外出していること、ご存知？　きっとどこかで示し合わせて会っているんですよ。

こう言い出した人は噂好きの奥さんでね、自分の話にみんながへぇーって驚くことが何よりも好きな人。そのときも手帳を出して、「ふたりが外出した日はこの日とこの日で……」なんて、調べ上げたことをペラペラ話したわけ。

他人のことをそこまで調べ上げているってことに、あたしはのけぞるほど驚いたよ。

「あんたの方がおかしくないかい」って喉元まで出かかったくらい。

でも、女はいくつになっても噂話が好きだねえ。みんなすっかり乗せられちゃって、「そういえば、あのとき……」なんていう話が出るわ、出るわ。

そのとき、上品な奥さんがやんわりと止めようとして口を挟んだの。

——私は、おふたりがお話ししているところをお見かけしたことはありませんけれど。

でも、これが返って火に油を注ぐことになっちゃったんだよ。

——携帯電話ですよ。きっと夜中にお話ししているんですよ。

——まあ、どんなことを話してるのかしら。

なんて具合に、どんどん話が盛り上がってしまったんだよ。

佐久間さんは七十代半ばくらいかしら。穏やかで清潔な感じの紳士だから、女性に人気があるの。だからなおさらかもしれないね。言い出しっぺの奥さんなんて、佳恵さんの服装や言動まであれこれ貶《けな》し始めてね、あれは女の嫉妬だね。

あたしは佳恵さんとはあまり面識がなかったけれど、静かで慎ましい感じで、悪く言われるような人には見えなかった。それに、これ以上こんな話を聞きたくもないから、はっきりと言いましたよ。

——仮にお付き合いされているとしても、おふたりとも独り身でいらっしゃるし、なんの問題もないんじゃありませんか。

一瞬シーンとなっちゃってね。その場はお開きになったの。それ以来、噂好きな奥さんから嫌われたようだけど、返ってよかったよ。

その後、佐久間さんと佳恵さんはどうなったかって？

噂が広がってしまっていたたまれなくなったのだろうねえ。しばらくして佐久間さんはホームを出てしまった。佳恵さんは残ったけれど、なんとなく仲間外れみたいになってしまってね、部屋にこもっていることが多くなったの。

でもね、千絵、この話にはどんでん返しがあるんだよ。

あたしがひとりでリビングルームにいたときに、佳恵さんが「少しお時間いただけますか」ってそっと話しかけてきたの。

——ある方から、冨貴さんが皆さんの前で、私たちの噂話を止めてくれたことを聞きました。とても救われたし、そう思っている方がひとりでもいてありがたいと思っていたんですの。それで一度お話しできたらと思って。でも、ここではなんですから。佳恵さんに誘われて、例の庭の奥のベンチで話したんだよ。

――以前、ここでおふたりをお見かけしたことがありましたよ。

――そうでしたか。ここは私たちの大切な場所だったんです。佐久間さんと話をしているだけで幸せでした。この歳になって、こんなにも趣味や価値観の合う人に出会えるなんて信じられないほどでした。

ちょっと頬を赤らめてそういった表情がなんとも可愛くてね、佐久間さんが好きになったのも無理はないと思ったよ。それからちょくちょく外で話すようになったの。そのうちに、佐久間さんとの交際が続いていることも打ち明けてくれてね、あたしはすっかり嬉しくなったよ。

――佐久間さんは正式に籍を入れようと言ってくださるのだけど、お子さんもいらっしゃいますから。

お子さんたちはびっくりしたし、反対したらしいよ。でも、佐久間さんは立派だった。お子さんたちに相当な金額を贈与し、お子さんたちが納得する内容の公正証書遺言も作成した上で、「今後、一切、口出しするな」と黙らせたんだって。佳恵さんも自分の資産があるから、これでなんの問題もなくなったの。

——籍を入れるかどうかはまだ決めてないのですけど、来月、ふたりでヨーロッパに旅行に行くことになりました。念願だった美術館巡りをしてきます。佐久間さんのお子さんたちとも何度か会食しまして、今では私たちのことを認めてくれています。

佳恵さんのそのときの笑顔を見せたかったよ。内側から輝いているようだった。人を好きになると綺麗になるって本当だね。千絵、あんたもあやかりなさい」

＊＊＊

「ごめん、ごめん、また待たせちゃったわね」

冨貴が汗をふきながら、待ち合わせた銀座のレストランにやってきた。

「お義母さん、最近ずいぶん忙しそうね」

「そうなんだよ。ちょっと手を広げすぎたかなって思ってる」

冨貴はペロリと舌を出した。

家事もビル経営に関する仕事もなくなり、入居当初は暇を持て余していたのだが、誘われるままにクラブ活動などに参加しているうちに、千絵にも呆れられるくらいスケジュールがいっぱいになってしまったのだ。

月曜はガーデニングクラブ、火曜はポールウォーキングと健康体操、水曜は絵てがみ教室、木曜の夜はカラオケ教室。月一回くらいのペースで開かれる施設主催のイベントにもできるだけ参加している。

個人的に書道と生け花も習い始めた。

「書道と生け花はね、教室がないの。師範級の人ばかりで生徒がいないんだってさ。すごいでしょう。だから、あたしが習いたいと言ったら、教えてあげるという人がたくさん名乗りを上げてくれたんだよ」

「あまり無理をしないでね」

気遣う千絵に、

「大丈夫だよ。だんだん絞り込んでいくつもりだから。それにね、身体のことは心配いらないよ。以前は健康診断に行く暇もなかったけど、ここに来てからは優等生。シャトルバスで病院まで連れて行ってもらえるから、半年に一度、健康チェックを受けているんだもの。驚くほどの健康体だってさ」

「前によく膝が痛いって言っていたじゃない？」

「それも整形外科で診てもらったよ。軽度の変形性膝関節症だって。でも、薬と運動療法でずいぶん良くなったんだよ。毎週、理学療法士さんが健康体操教室に来てくれて、膝のまわりの筋肉をつける運動を教えてくれたの。半年くらい続けたら本当に痛みが薄らいだわ」

　千絵にはいつもこんな調子で明るく話しているが、やはり歳をとったなあと思うことはあった。ビルを売却して老人ホームに移ろうと思ったのも、三階の自宅まで階段で上り下りするのが辛くなってきたこともあった。

　得意だった計算も間違いが増えたし、耳も目も滑舌も記憶力も加齢による影響は否めない。だが、「どれもこれも歳をとれば当たり前のことさ」と自分自身に言い聞かせ、気持ちを持ち上げている。

　衰えを感じるからこそ、いろいろなことに挑戦して頭と身体に刺激を与えている、という面もあった。健康体操もそうだが、続ければそれなりに成果は出た。それが励みにもなるし、「まだ、大丈夫」という自信にもなる。

高齢者のコミュニティに身を置いて、皆それぞれに身体の不調や不具合を抱えていることがわかった。それにどう対処するかで大きな違いが出る。

「あそこが痛い、ここが悪い」は年寄りの定番の話題だが、そういって嘆いてばかりいる人ほど老化が進むようだ。逆に、辛いことを笑い話に変えたり、前向きな話、面白い話をする人ほどいつまでも若々しい。

「言霊《ことだま》って言うだろ。あれは本当だよ。自分が言った言葉は、みんな自分に返ってくる。自分の身体のことをあそこがダメ、ここがダメって言っているとね、自然に身体も言った通りになっていくんだよ、不思議なくらいにね」

実は千絵も少し前からスポーツジムに通い始めている。これまでスポーツには縁がなかったが、汗をかいた後は身体も心も軽く感じられた。

引っ込み思案の千絵は皆に挨拶すると、後はトレーナーに言われたことをひとり黙々とトレーニングしていたのだが、少し前に、初めて常連のメンバーから飲み会に誘われた。

楽しそうにその日のことを話し出した千絵を見て、冨貴も嬉しくなった。

「そうかい、そうかい。すっかり若々しくなったのはそのせいだったんだね。それはよかった。お仲間を大切にしなさいよ。一〇〇まで元気に楽しく生きるために必要なものは、お金と健康と笑顔、それと筋肉と仲間だからね」

＊＊＊

三年が経った。

冨貴は相変わらず元気だ。毎日ブログを書いている。

夏休みに剛が一週間ほど帰ってきたとき、毎日スマホの使い方の特訓をしてくれたのだ。そのときブログも開設してくれて、文字の打ち込み方や写真をアップする方法を根気よく教えてくれた。

何度もギブアップしそうになったが、

「フーマアなら絶対できる！　ブログはどこからでも見れる。オレも時々覗いてコメントを入れるから頑張れ」と言われ、なんとか使えるようになった。

わからなくなるとホームの若いスタッフに聞いた。「冨貴さん、ブログしてるんですか。すごいなあ」と驚いて丁寧に教えてくれた。

スマホで撮った一枚の写真に短い文章を添えて、日常の小さな楽しみや喜びを綴った。最後の一行は「今日もありがとう」と決めた。

『フーマアのブログ～今日もありがとう～』は、日常の些細な出来事の中にある楽しいこと、面白かったこと、嬉しいことで埋まっている。

最初の読者は家族だけだった。

だが、だんだんいろいろな人が見に来るようになった。昔、面倒をみた子たちがブログを見つけてコメントを書き込んでいくこともあった。知らない人から「心がほっこりします」とか、相談を寄せられることもあった。冨貴はその一つひとつに丁寧に返信している。

冨貴の世界は広がった。まるで魔法の杖を一振りしたようだった。

家族ともＬＩＮＥでやりとりできるようになると、千絵が訪ねてくる頻度はだんだん間遠になった。しかし、会うたびに綺麗になり、生き生きとした表情を見せるようになった。冨貴は千絵のために喜んだ。好きな人ができたのかもしれないと思っているが、千絵が自分から話すまで待っている。

浩夫婦には待望の女の子が生まれた。「蕾《つぼみ》」と名付けた。

「蕾にもフーマアと呼ばせることにしたよ。母さんのことはチーマアと呼ばせようと思うんだ」

冨貴も千絵も大賛成だ。

「バアバなんて呼ばれるより、ずっといいわ。ねえ、お義母さん」

剛は、今も北大で研究に没頭している。

そして、ロクは……。

二年前の雪の日に旅立った。二十一歳の大往生だった。

千絵から「二日前から何も口にしなくなった」と電話があった。

「病院に連れて行く」と言う千絵を止めて、

「それより剛たちに連絡しなさい。〝そのとき〟が来たんだよ。ロクは病院より家でみんなといたいに違いない。私もすぐに行くからね」

夕方に浩が来て、夜には剛が北海道から駆けつけて来た。

「フーマアが危篤だって嘘をついてきた」と剛が言った。

「ああ、ああ、いくらでも口実に使っていいよ。お前たちのためなら、何度でも危篤になってやるから」

久々に千絵のマンションに家族が揃い、その夜は六畳の和室にロクを囲んで雑魚寝した。ロクは痩せ細り、黒いビロードのようだった美しい毛並みも今は見る影もなくなっていたが、意識はまだあった。

明け方、一声大きく剛を呼んだ。

剛がそっと抱き上げると、美しいグリーンの目を見開いて剛を見つめ、大きくひとつ深い息をして逝った。

「最後まで立派だったよ、ロク。ありがとうね」

「お前を拾ってきたとき、一生世話するって約束したのにできなくてごめんな」

そう言って嗚咽する剛の背中を、冨貴は静かに撫でて言った。

「お前はちゃんと約束を守ったよ。最後を看取ってやったじゃないか。ロクが最後にお前を呼んで鳴いたとき、あたしには〝ありがとう〟って聞こえた。あたしもこんなふうに逝きたいよ」

剛は涙をゴシゴシ拭うと、真剣な顔で言った。

「フーマアが逝くときは、ロクみたいに抱いていてやる。約束する」

その日のブログの最後に、冨貴は書いた。

今日、生涯で一番、心温まる約束をしました。
今日もありがとう。

特別対談　～あとがきに代えて～

「相続で一番大切なのはなんですか」

「人です。相続に関わった人が幸せになることです」

本郷 尚（ほんごう・たかし）

税理士。

1973年 税理士登録、1975年 本郷会計事務所開業、1983年 株式会社タクトコンサルティング設立、2003年 税理士法人タクトコンサルティング設立、2020年 株式会社タクトコンサルティング顧問就任。

不動産活用・相続・贈与・譲渡など資産税に特化したコンサルティングを展開。また、著書やセミナー等のあらゆる機会を通じて、相続対策の新しい考え方の普及にも力を入れている。

太田三津子（おおた・みつこ）

不動産ジャーナリスト。

青山学院大学経済学部卒。住宅新報社『住宅新報』記者を経て1995年独立。住宅・不動産を中心に独自の視点と立ち位置で取材。書籍の企画・編集、座談会の司会等も手掛ける。著書に『ワーカー絶賛！　輻射空調』（白揚社）、共著に『オフィスビル2030』（白揚社）等、編集に『女の相続』（本郷尚著）、『土地はだれのものか』（白揚社）他多数。日本不動産ジャーナリスト会議会員。

太田　主人公はいずれも昭和、平成、令和を生き抜いてきた女性たち。どうして七十代の女性を主人公にした物語を描こうと思われたのですか。

本郷　お客様のご家族と長くお付き合いをするなかで、相続の中心は女性だとわかったからです。相続というと表面的には男性が中心で、親から子へという「縦の相続」というふうに思われがちですが、長寿社会では夫から妻へという「横の相続」が鍵になります。特に七十五歳を過ぎたら男性と女性の力関係は逆転し、奥様が実権と財布の紐を握ります。

　また、この年代は民法改正で初めて女性に相続権が与えられた昭和二十二年（一九四七年）前後に生まれた人たちであり、時代や社会の大きな変化を生々しく経験してきました。相続は時代や社会の変化を反映します。その意味でもこの世代の女性たちを描きたいと思ったのです。

太田　女性の後半生はまさに相続の連続ですね。

本郷　そうです。ほとんどの女性が「娘、嫁、妻、母」という四つの立場で相続と関わります。そのたびに平穏な日常を揺るがすような変化を体験します。さらに相続は女性の後半生を左右する絶対的な経済基盤でもあります。だからこそ、さまざまなドラマが生まれます。

太田　先生は、実際にたくさんの人間ドラマを目撃されてきたのでしょうね。

本郷　ええ。この物語は、私が相続の現場で現実に遭遇した出来事や人物を下敷きにしています。プライバシーがありますから、もちろんそのままではありませんが、いろいろなシーンでモデルとなった方の顔が浮かびます。表登場人物のセリフも現場の生の言葉です。表現については、太田さんの女性ならではの感性で上手に膨らませてもらいましたが、ベースはまさに生の生き様であり、本音の語らいです。

太田　どの物語も、主人公が新しい人生の扉を開けるシーンや、前向きなエピローグで終わっています。本郷先生らしい清々しいラストシーンだなあと思いました。後半生を迎える女性たちに向けたエールのようにも感じます。

本郷　私の好きな言葉に「バックミラーは見ない、サイドミラーも見ない」があります。過去を振り返らず、他人とも比較せず、前だけを見て自分らしく生きていこうという意味合いです。男と違って、今の女性は七十代、八十代でも元気ですから、これからの二十年、三十年をいろいろなしがらみから解放されて自由に楽しんでほしいという想いを込めました。

長寿社会は「相続対策」より「生存対策」

太田　第一話「京子 ～鎌倉物語～」の京子さんは、過去や子どもたちと決別して、生まれ育った鎌倉で新たな人生を歩もうとしています。

本郷　そこには懐かしい自然があり、気のおけない幼馴染みがいた。半世紀近く離れていても自然体で暮らしていける場所です。それが故郷や幼馴染みの良さですね。

太田　「旅立ちは身軽にしよう」という京子さんの言葉も印象的でした。

本郷　年齢を重ねると広すぎる家や多すぎる持ち物、煩わしい人間関係は重荷になります。そうしたものを手放すことで心も解放されていきます。

太田　私もそういうことが身にしみてわかる年齢になりました（笑）。

本郷　こうしたお膳立てをしたのはご主人です。妻の京子さんの幸せを考えて、財産のほとんどを妻に譲る遺言を書き残した。法律上（法定相続）では配偶者の相続権は二分の一ですが、長寿社会では「相続対策」より妻の「生存対策」が何よりも大事だとわかっていたからです。子どもたちの反発も予測して付言で釘を刺しています。

太田　実際に、一次相続で母と子が揉めるといったことはあるのですか。

本郷　こうした話は巷に溢れています。最近では、コロナ禍で将来に不安を感じた子どもから遺産分割協議のやり直しを求めるケースも出てきています。

太田　相続って社会の縮図のようですね。

本郷　ええ、時代や社会の変化を見事に反映しています。例えば、親世代の昭和の時代は、給料も地価も右肩上がりで容易に資産形成ができたけれど、子世代の平成の時代は違う。経済は低成長、退職金や年金がどうなるかもわからない。子世代も定年退職が間近に迫っていますから、老後の頼りは親の財産です。親が資産家でなくても、都内に一戸建てを持っているような家であれば、相続財産は自分の退職金より大きい。いわば、大金を手にするラストチャンスなのです。しかも相続の知識や情報はネットにも溢れていますから、知識だけは豊富です。

太田　でも、親の寿命が延びてなかなかもらえない。だから一次相続で目の色が変わるのですね。

本郷　ええ、「親が九十代、子が六十代、孫が三十代」が普通となった長寿社会では、親の生存対策と子や孫の生活が綱引きになって財産の奪い合いになることも珍しくない。しかし、親の資産はあくまでも親のものです。

子は親の資産形成に何の貢献もしていないのだから、誰にどう遺すかは、親が決めて遺言書に書き残せばいいことです。

太田　京子さんのご主人はそれを実行された。京子さんはご主人に守られ、税理士の西園寺先生にも守られ、鎌倉に戻ったのちはたぶん友人たちに守られていくでしょう。ある意味では幸せな女性ですね。

「見えないもの」を継ぐことも相続

太田　第二話「継ぐもの　～日本橋横尾家の相続～」では、主人公の桜子さんは嫁の立場で相続に関わりますが、法律上、お嫁さんには法律上は相続権がありませんよね。

本郷　そうです。しかし、横尾家を取り仕切ってきた志津さんは息子が後を継ぐ器でないと見極めて、嫁の桜子さんに横尾家を託します。桜子さんもまた、息子の進之介さんに横尾家の未来を託します。「継ぐべき人を見つけ出す」ということも重要な「相続」です。

太田　志津さんと桜子さんは嫁姑というより師弟関係。だからこそ、桜子さんは夫とうまくいかなくなっても横尾家に留まりました。

本郷　まるで明治、大正時代の物語のように思えるかもしれませんが、現代でも老舗の名店や料亭、旅館、会社などでは、女性が軸となって暖簾や伝統を守っていくケースがあります。相続はお金や不動産だけの話ではありません。むしろ、暖簾や伝統、知恵、生き様、家族の思い出やストーリーといった「目に見えないもの」を、誰にどのようにして遺していくかが大事ではないか……。これは私がいろいろなご家族の相続に関わって実感したことです。

太田　深いですね。

本郷　ただ、とても難しいことではありますけれど。「目に見えないもの」を受け継がせるには、受け継ぐ相手にそれだけの能力や志がないとできませんから。

太田　桜子さんの息子の進之介さんにはその能力や志がありましたね。

本郷　ええ、彼はまさに横尾家の未来です。そして、もう一つ重要なことは、横尾家の一族に「公平、平等、オープン」に財産を分けたことです。これは相続において一番大切な考え方です。奪い合えば喧嘩別れになり、分かち合えば皆が仲良くハッピーになります。さらに発祥の地に「日本橋横尾」の店をビルの一角に残しました。老舗の象徴を残したことで、一族の誇りやストーリーがファミリーに受け継がれます。これもある意味で「相続」なのです。

太田　そういえば、世界的なブランドには長く語り継がれている伝説的なストーリーがありますね。それがブランドを支える要素にもなっています。

本郷　モノやお金はいずれ無くなるかもしれない。でもストーリーは残ります。

自立独立して自由に生きる

太田　第三話「ＮＡＴＳＵＫＯ　〜自立する女たち〜」の奈津子さんは、第一話の京子さんや第二話の桜子さんとは違ったタイプ。いわば、現代のキャリアウーマンに近い感じがします。「勉強すれば、女だって何にでもなれる」という母の言葉が彼女の原動力でした。

本郷　奈津子さんは自立独立した女性です。手に、足、頭がしっかりしている。手に職を持ち、自分の足でしっかりと立ち、自分の考えで行動します。クリニックのパートナーとなった弓子さんもそうです。「自立独立」の精神は、女性が人生一〇〇年時代を生きていく上でとても重要なことだと思います。

太田　真逆なのが、兄の俊彦さん。

本郷　なまじ親から相続した資産があったために、バブルに乗って実力以上の投資をしてすべてを失ってしまった。人は、自分が生涯で稼げる以上のお金は扱えないものです。そもそも俊彦さんは、奈津子さんのように自分自身の手、足、頭を使って稼いだ経験がない。だからお金の価値がわからないし、自分が投資していい限界もわからない。お金目当てに近寄ってくる人の狙いも見抜けないから、騙されてしまうのです。

太田　第二話の桜子さんの夫、大輔さんも人に騙されやすいタイプ。絶対、大金を持たせてはいけないタイプですね。

本郷　そうです、こうしたタイプには「飲む、打つ、買う」の三拍子をやってしまう人が結構います。大金を扱う能力が十分でない男性に大金を持たせて、実力以上のことをすると失敗します。相続でご主人に大金が入ったとしても、奥様は財布の紐を握ってご主人の首に手綱をかけておかないといけない（笑）。

太田　女性にはとても嬉しいアドバイスです（笑）。

後半生を照らすのは「お金と健康と笑顔」

太田　第四話「ありがとう 〜一〇〇年時代の魔法〜」の冨貴さんはすごい方ですね。実は私、密かに「人生の師」と仰いでいます。冨貴さんのモデルになった方もいらっしゃるのでしょうね。

本郷　ええ。冨貴さんとは生い立ちや後半生は全く違いますが、一年を三六五日どころか三六六日も働き抜くような方でした。しかし、使うべきところには惜しみなくお金を使い、周りに分福《ぶんぷく》しますから、お店は繁盛するし、お子さんもその背中を見て立派な人物になられました。

太田　冨貴さんはどんな境遇からも学び、成長していく女性ですね。最愛の夫や一人息子に先立たれ、普通なら心が折れそうになるところなのに嫁と孫を引き取って面倒をみます。どこまでも明るくて優しくてたくましい。

本郷　祐三さんもそこに惚れたのでしょう。無口な祐三さんが「冨貴となら何もかも共有できる。お前に会えて本当によかったと思っている」と言って、自分の言葉にすっかり照れて暗室に逃げ込むシーンがあるでしょう。私の中では、祐三さんは高倉健さんのイメージなんですよ、無口で鋼のような……。

太田　わかります。ぴったりです。私も実はいろいろな俳優さんを主人公にキャスティングして楽しんでいました（笑）。

本郷　冨貴さんは苦労人です。言葉に重みがあります。高級老人ホームに入ったときも「過去はどうであれ、ここではみんな平等だよ」と言い、「和して同ぜず」を貫きます。まさに「バックミラーは見ない、サイドミラーも見ない」という生き方です。

太田　冨貴さんが「言霊《ことだま》って言うのは本当だよ。自分の言った言葉は、みんな自分に返ってくる」と言いますが、私もジムで実感しています。ポジティブな言葉を発する方は七十代であっても身体も動きも若々しく溌剌としている。「言葉に身体は従う」は本当です。

本郷　「一〇〇まで元気に楽しく生きるために必要なものは、お金と健康と笑顔だよ」。短いけれど、迫力がある。

太田　先生、続きがありますよ、「それと筋肉と仲間だからね」って。

本郷　全部揃えば最強ですね（笑）。

太田　人生一〇〇年時代を生きるヒントをたくさんいただきました。

本郷　冨貴さんの最後の決断も素晴らしかったですね。ビルを売って老人ホームに入ったのは、一つには相続権のない千絵さんに資産を残すためですが、もう一つは夫の実家とのしがらみから嫁の千絵さんを解き放つためです。日本は実家の資産が嫁に流れることを嫌います。だから冨貴さんが決着をつけたのです。

太田　本当に漢《おとこ》前な女性！

大切なのは「人」を幸せにする相続

太田　先生は相続でなにが一番大切だとお考えですか。

本郷　なによりも大事なのは「人」です。相続に関わった人が幸せになることです。資産を守るためとか、税金対策のために人が犠牲になるなんて本末転倒です。人が幸せになるためにお金があるのですからね。この本を貫いているテーマです。さらに言えば、知識レベルでノウハウを学ぶことも悪くはないですが、それだけでは幸せにはなれません。自分の意識レベルを上げることが大切です。特に伝統や生き方、精神、思い出といった「目に見えないもの」を継いでいくには必要なことです。物質的なものは求めればキリがありません。でも、精神的なものは揺るがない。「人を幸せにする相続」を第一に考えてほしいと思います。

太田　幸せ探しは女性の方が得意かも……。男性と違って足元の幸せを見つけるのが上手ですから。一つ一つは小さくてもたくさん見つけられるから、総体的な幸せの量は大きいです。「勘定」は苦手ですが、「感情」は豊かです。

本郷　確かにそうですね。女性の方が長生きすることは間違いない（笑）。

太田　「健康寿命」と言われますが、この本の主人公たちから「幸福寿命」を延ばす秘訣をたくさん学ばせていただきました。

著者紹介

本郷　尚（ほんごう　たかし）

税理士

1973年　税理士登録
1975年　本郷会計事務所開業
1983年　株式会社タクトコンサルティング設立
2003年　税理士法人タクトコンサルティング設立
2020年　株式会社タクトコンサルティング顧問就任
不動産活用・相続・贈与・譲渡など資産税に特化したコンサルティングを展開。また、著書やセミナー等のあらゆる機会を通じて、相続対策の新しい考え方の普及にも力を入れている。

主な著書
『ポイントがよくわかる マンガ 不動産M＆A入門』（住宅新報出版）
『笑う税金―過笑申告は不要』（タクトコンサルティング）
『女の相続―six stories』（タクトコンサルティング）
『資産税コンサル、一生道半ば―タクトコンサルティングの40年』（清文社）
『相続の６つの物語―資産を使って楽しく生きる「自遊自財」』（日本経済新聞出版社）
『こころの相続―幸せをつかむ45話』（言視舎）

税理士法人タクトコンサルティング
税理士　本郷　尚
〒100-0005　東京都千代田区丸の内2-1-1
明治安田生命ビル（丸の内MY PLAZA）17階
TEL：03-5208-5400／FAX：03-5208-5490
http://www.tactnet.com/

編集協力・対談　太田三津子

女《おんな》は4つの顔《かお》で相続《そうぞく》する
娘《むすめ》、嫁《よめ》、妻《つま》、母《はは》

2021年6月10日　第1版第1刷発行
2021年7月10日　第1版第2刷発行

著　者　本郷《ほんごう》　尚《たかし》

発行者　中村幸慈
発行所　株式会社　白揚社
〒101-0062　東京都千代田区神田駿河台1-7
電話 03-5281-9772　http://www.hakuyo-sha.co.jp
装幀・デザイン　株式会社トンプウ
印　刷　株式会社工友会印刷所
製　本　牧製本印刷株式会社

ISBN978-4-8269-9065-3